春之庭
はるのにわ

[日] 柴崎友香 —— 著
しばさき ともか

谭晶华 —— 译

人民文学出版社

HARU NO NIWA by SHIBASAKI Tomoka
Copyright © 2014 SHIBASAKI Tomoka
All rights reserved.

Original Japanese edition published by
Bungeishunju Ltd., in 2014.
Chinese (in simplified character only) translation rights in PRC
reserved by People's Literature Publishing House,
under the license granted by SHIBASAKI Tomoka, Japan
arranged with Bungeishunju Ltd., Japan
through East West Culture & Media Co., Ltd., Japan.

图书在版编目(CIP)数据

春之庭／(日)柴崎友香著；谭晶华译. -- 北京：人民文学出版社，2023

ISBN 978-7-02-018312-8

Ⅰ. ①春… Ⅱ. ①柴… ②谭… Ⅲ. ①短篇小说-小说集-日本-现代 Ⅳ. ①I313.45

中国国家版本馆 CIP 数据核字(2023)第 194450 号

责任编辑	陈 旻
装帧设计	刘 远
责任印制	王重艺

出版发行	人民文学出版社
社　　址	北京市朝内大街 166 号
邮政编码	100705

| 印　　刷 | 三河市宏盛印务有限公司 |
| 经　　销 | 全国新华书店等 |

字　　数	85 千字
开　　本	850 毫米×1168 毫米　1/32
印　　张	5.125　插页 3
印　　数	1—5000
版　　次	2023 年 11 月北京第 1 版
印　　次	2023 年 11 月第 1 次印刷

| 书　　号 | 978-7-02-018312-8 |
| 定　　价 | 42.00 元 |

如有印装质量问题，请与本社图书销售中心调换。电话：010-65233595

目 录

春之庭………… 001
纱线………… 106
盲点………… 126
行前的准备………… 143

春 之 庭

女人从二楼的阳台上伸出头去,看着什么。她的两只手放在阳台的栏杆上,始终保持着探出头去的样子。

太郎停住要关上窗户的手,而女人却一动不动。女人戴着黑框眼镜,因为有反光,不知道她视线的方向,脸朝向阳台的正面,那是混凝土墙对面的大户人家的房子。

公寓房从楼顶看成"¬"状,太郎的房间位于突出部位的一楼,他是想关上面向中庭的那扇小窗户,而二楼那一端距离太郎最远的房间的阳台上的女人,正好映入他的眼帘。所谓的中庭,其实只是一个宽约三米的尴尬的空间,在混凝土的建筑之间长满了杂草,禁止居民们入内。把公寓房和大户人家的地盘隔开的墙壁上,入春后长满了茂盛的爬山虎,墙对面的院子里种着枫树和梅树,没有经过修整,树枝跨越了围墙,朝这边伸过来。在这些树木背后,石板壁墙的二层楼老房子,像往常一样,没有人迹。

女人收回了视线，依然待在原来的位置上。从一楼太郎的房间看，由于混凝土墙的遮挡只能看见屋顶，但是，从二楼阳台看，应该能看到大户人家的一楼和庭院，只是不会有什么变化而已。大户人家使用的涂成红色的金属板屋顶以及深茶色的板壁，伤痕累累。独居这房子的老奶奶进入护理所已有一年，她在自家门前打扫时还那么健康，不过听说已经有八十六岁了。那是房地产公司传来的信息。

屋顶的前方可以看到蓝天与白云，打一早起，天空就很晴朗，挂着一朵朵洁白的云。虽然还只是五月，却已经出现了盛夏时节的云朵。太郎仿佛要跃上那云朵之上观其飞翔似的说道：那可是在高达数千米的高空哇。云朵和湛蓝天空的强烈对比令他眼睛感到疼痛。

看到云朵，太郎就总是会想象到云上的自己。他想象自己走过漫长的路程，到达云层的边缘。在那儿撑住手俯瞰下方，他看见了街道，虽然隔着数千米的距离，却仍然可以鲜明地看到一道道细线组合成的街道，那挤挤挨挨的一家家屋顶。极小的昆虫一般的汽车在街上滑行，街区与自己之间，小型飞机横切过去，就是一幅动画。玻璃罩下的驾驶室里空无一人，也没有一点声响，不仅仅是那飞机，任何地方都悄无声息。当自己慢慢站起来时，脑袋碰到苍穹的天花板，却没有一个人。

这一连串的情景，小时候必定见到过。再看阳台的一端，刚才没看见的白色正方形的一角露了出来，不知不觉之中，女人在阳台栏杆边放上了绘画用纸，不，应该是写生册。她是要画树木吗？阳台朝南，屋檐偏窄，现在是下午两点，光线一定十分耀眼。

女人有时会探出身子来，这时候才会又看到她的脸。她戴着黑框眼镜，不长不短的头发，勉强能称作娃娃头。她是二月里搬过来的，在公寓房前见过几次。三十岁出头，年龄似乎比自己小一些，太郎是如此估摸的。她的身材较矮，总穿着T恤衫或宽松运动衫，没有什么变化。她的脑袋从写生簿对面一下子伸出来，转向太郎这一边。太郎这才发现，女人观看的并不是正面大户人家的房子，而是太郎家这个方向大户人家隔壁的人家，天蓝色的房子。

高声鸣啭的唧唧鸟叫和树枝摩擦的声音突然响起。紧接的瞬间，女人合上了眼睛，在太郎转移目光之前，她连同写生簿一起缩进阳台，那儿传来了簿子合上的声响，不再露头。

星期三夜晚，上晚班回家，在公寓外楼梯上遇见住在二楼的邻居，并不是前两天在阳台上的那个女人，而是她隔壁的居民。她住进来已经很久了，年龄看上去比太郎的母亲还要大些。太郎所住的"景观宫殿佐伯Ⅲ"的一二层各有四间房，房间号码以干支命名，从玄关边自左往右底楼是亥、戌、酉、申，二楼是未、午、巳、辰。如今外面的门牌上大都不写住户的名字,这个人是住"巳"室的,太郎与"阿巳"相识已久,遇到就会打招呼,她是个和蔼的人。

阿巳在楼梯上看着一楼,看到太郎站到了玄关门口,便走下楼来。她总是把头发拢在脑袋两边,身穿重新改制过的怪里怪气的衣物,今天穿的是龟形花纹的裙裤,黑色的衬衣。

"您没有掉落钥匙吗?"

"哎,钥匙?"

太郎不由得看看自己的手,钥匙就在手上握着。

"这……"

阿巳放在自己眼前的蘑菇状的钥匙圈上挂着的钥匙的确有点儿眼熟。

"早晨,掉落在这儿的。可是你手上有钥匙啊。"

"那是事务所的钥匙,公司的。我以为忘记在家里了。谢谢!"

"啊,那就好。我还在担心这样一个老太婆突然拿来钥匙,会遭人怀疑的。我不是拿走的,确实是您掉落的。"

"没关系,谢谢您!"

阿巳走过来,递过钥匙,太郎接过来。阿巳个子矮小,好像要投入太郎的怀里似的仰视着他。

"那您今天的工作没做成吗?"

"……啊,不不,公司里不只是一个人,还有其他人。"

"哦,那倒也是。我真傻,对不起。"

"哪里。"

太郎想起自己的包里有腊制小沙丁鱼干,那是出差回来的同事送的礼物,太郎自己一般不大喜欢鱼干。

"您喜欢这个的话,就送给您。"

阿巳最喜欢鱼干,十分高兴,快活得让太郎都觉得不好意思。她不停地道谢,蹦蹦跳跳地上楼去了。

太郎看了看阿巳还回的钥匙,蘑菇状的钥匙圈是在扭蛋机上买的丛生口蘑,不过,上面应该还有杏鲍菇,那是自己怕丢了钥匙,故意装在上面以引起注意。可能是被揪掉了,连小绳子和小金属配件也丢了。他想着得给它加一个能发出声音的小铃铛,把在回家路上便利店买下的炭烧牛肉便当放进微波炉里加热,又开了罐啤酒。

他收进晾在外面的毛巾,顺便看看住在二楼头上"辰"室女人的阳台。她的窗户里已亮起了灯光,上次见到后已过了三天,女人再没露过面。

给自己小沙丁鱼干的同僚沼津,周二出差冈山,周一休息用两夜三天去了钏路。他是上个月结的婚,这次去媳妇家拜访。妻子是独生子女,姓氏少见,从上个月起,沼津就改了姓氏。有的同事结婚后还继续使用旧姓,沼津对新姓却很满意,所以连名片都做好了。太郎不习惯新姓氏,仍然叫他沼津。

午休时分,沼津把腊制小鱼干和北海道的土产大马哈鱼分给大家后,对太郎说,自己对于改姓全不介意,不过,却没能想到坟墓的情况。他诞生成长的老家在静冈,名字虽然叫沼津,其实并不在沼津,而是另一个渔港。他说,在灿烂阳光的照射下进入被蜜柑林包围的山坡上的寺庙墓地,自己不由得想到,冬季看到严寒森林里的墓地多少是会产生寂寞心情的。如果是女人的话,将来埋入出嫁地的墓地能够轻易接受吗?难道她们被陌生人包围着就不会觉得难受吗?他产生了种种疑问。

太郎经过认真的思考后回答。

"最近管这种现象叫随机应变,有多个可供选择的方案。好像还有叫树葬的呢。我家的老父亲把遗骨分成几份,还抛撒骨灰呢!"

"要是这样,我还是想埋到老家去。我小时候养过一条名叫猎豹的狗,我今后就葬到它的身边。"

那条狗是沼津的哥哥捡来的杂种狗,黑色的内眼角,活像猎豹,爱吃鸡骨头,小学时始终黏着他。上年纪后它的腰坏了,连散步都去不了了,却很长寿,个头长得比想象的高大,挖坑埋葬它的时候真是吃了大苦头。他用了不到五分钟的时间归纳了猎豹十一年的生涯,沼津说着,中途还数度落泪。

"人类下葬的时候,要是留下骸骨的形状就算作遗弃尸体,所以必须磨成骨灰吧?"

"你磨了吗?"

"但是特硬的骨头还是很难啊。"

"我想,焚烧过后应该只剩下灰了。"

太郎父亲的骨骼相当坚硬,连虫蛀牙都几乎没有。看上去即使到了八十岁,至少还能留下二十颗牙,然而,他不到六十岁就去世了。那是在十年之前,说起来,太郎住到东京也有十年光景了。

大阪的老家特意将把父亲的遗骨研磨成骨灰的茶碗大小的擂钵和碾槌送到东京来,如今还在太郎的房间里。三年之前与前妻离婚前共同生活的三年间,这一套东西是放在餐具橱里面的。前妻曾说过多次,这种重要的东西应该收藏起来,否则一不留神就会用错。可是,太郎并未改变放置的地方。因为他担心,拾掇起来自己会不知道把东西放在哪儿了,再说收藏在见不到地方,自己就会忘记逝去的父亲。他常常觉得自己会忘却父亲及他的去世。

"怎么办呢?死了以后再考虑就来不及啦。钏路很冷吧,大自然好是好,可是很冷吧。会冷得受不了吧。"

太郎说,人死了就不会冷了。不过,他突然明白沼津这句话并不是对自己说的,那只是他心中想的话脱口而出而已,并不要求什么回答。那时在大公寓房的同一间事务所里，除了太郎，另外还有两个同事，他们理应听到了刚才的会话，却谁也没有应声。

　　沼津从钏路带来的土特产大马哈鱼，太郎先是将它塞进了餐具橱里，他家的那个橱柜有时被挪用作书橱，上半截的第三格有玻璃杯和带柄的大杯子，太郎朝里面确认了一下。父亲葬礼两天后就到家用中心去购买了擂钵和碾槌。使用擂钵研磨骨灰是个错误，凹槽中的骨灰怎么也弄不出来，用水冲走又心中害怕。所以现在即便用梳子梳，犹如抓过的细细凹槽里依旧残留着白粉，虽然看不清楚，但确实是留存的。父亲的遗骨，存放在老家的墓地和娘家的佛坛上。变成骨灰的部分，撒向他常去钓鱼的爱媛海角边的大海，经过风吹浪冲，再也看不见了。和粘在擂钵上没有脱离的骨灰原先都是相同的骨头，究竟是父亲身上哪个部分的骨骼呢？那白色的小硬颗粒原来在父亲的哪个部位呢？它们能在他身上又坐又走吗？太郎小时候额头曾经撞上过铁棍，当时同学们都纷纷跑过来看，说是露出了骨头，但是自己倒反而没能看到，真是遗憾。迄今为止，自己从未看到过活人的骨头。

　　罐头啤酒冰得过冷，在旧货店里买来的冰箱，最近老是发出怪怪的声音。

星期五的早晨,太郎要去上班,他打开玄关的大门,朝右边方向经公寓门口走过去的二楼"辰"室的女子映入眼帘,她好像并没有发现将房门开到一半的太郎,正朝着前方走去,那是与车站相反的方向。他略作思考,自己也不清楚想了点什么。想了一瞬间,太郎也朝女人相同的方向走去。

女人慢慢走到公寓隔壁那户人家的门前,那块土地上建造了钢筋水泥墙壁围起的巨大的保险箱似的房子,她在拐角处向右边走去。太郎看到她右拐后,也来到相同的拐角。这个水泥大保险箱房子里似乎有个中庭,向外面只有一扇很小的窗户。太郎从现在卷帘门锁闭的车库里看见有英国造的四轮驱动车开出来过,却没有看见有人在这儿住过。他站在水泥房的角落,看着那女人离去。

女人走到水泥保险箱房前,在那栋天蓝色房子的跟前站停,伸长个子不高的身体,试图观察围墙里的情况。她伸长脖子,左右摇晃,接着又往前走两步,把脸一直朝向那户天蓝色房子的人家。女人身上穿着有皱纹的T恤衫外加吸汗短裤,头上戴着无檐布帽,像是要掩饰那头整齐的头发,一副不愿让人看到的样子。眼镜由于无檐帽的关系,看上去戴得十分奇怪。她沿着白色的墙壁向右拐去。

这幢天蓝色的房子,的确引人注目。它是一栋西式建筑,朝两侧方向铺就的板壁,涂上了明亮的天蓝色。红褐色的瓦顶呈平坦的金字塔般的角锥形,成为天边红缨枪头的装饰。

围绕一圈的白色墙壁上,泥瓦匠留下了鱼鳞状的砌墙痕迹,从巷子里只能看到二楼的建筑物,左侧是阳台,右侧的纵向开有两扇小窗,窗框抹成与屋顶同样的红褐色。

大门用黑色的金属五金做成野蔷薇状,可以看到里面的玄关门边镶有植物的彩绘玻璃。太郎难以区别那究竟是菖蒲类还是鸢尾类植物,总之是由群青色、绿色和黄色构成。太郎的房间处于与这一户的玄关正好相反的位置,所以只能看到其背面,那里也有着红蜻蜓图案的彩绘玻璃小窗。

太郎想起中学远足时见过的神户异人馆,这幢天蓝色的房子与之相比总让人觉得太不平衡,乍一看像是一幢经历过岁月有情趣的房子,仔细端详一阵,发现它的屋顶、墙壁、彩绘玻璃、围墙、门窗,都是从各处东拼西凑而来,全不配套。

大门右侧,用玻璃做的门牌上雕有"森尾"二字,这儿有一段时间,少说有近一年的时间是空着的。他们什么时候再搬回来呢?玄关边上有孩子玩耍时用的自行车和三轮车。门的左侧,围墙外有可停两辆车的车位,与房子相仿的天蓝色轻型汽车就停在那儿。

这块宅基地的三分之一大小是一个庭院,因为离开公寓有一段距离,太郎的房间看不见这个庭院。在巷子的拐角处,围墙的内侧有一棵很大的百日红树,太郎一眼就能看到,树干光滑，树皮被剥后变得斑驳。隔开一段距离还有两棵树，一棵中等、一棵小一些的落叶树。太郎很少打这家门口走过，记得看到这株百日红开紫色花，中间那棵树开白梅花，那棵小的开类似山樱那样的花朵。

来到百日红树下，太郎再次停下脚步，朝女人右拐的方向看看。女人在三十米前方的拐角处又朝右拐，再向右、右、右。也就是说，她转回了公寓。

太郎所住的公寓位于的区域，只有一条仅能供一辆汽车通行的巷子围着。这个区域里有四栋房子，从上面看恰似写成了一个田字。公寓在左上角，右侧就是水泥大保险箱房，右下方的宅地是天蓝色的二层楼西式建筑，左下角就是大户人家的古老木结构房。

那女人看来是想绕着这田字转上一圈。

看到女人绕了过去，太郎从百日红树的地方右拐。从天蓝色这家人家往上看，朝着阳台的那扇窗户直开着，白色的卷式百叶帘垂放着，阳台上既无洗涤物，也没有晾竿。

太郎从下一个转角处来到大户人家的门口，看看女人是否已经离去，果然，女人正走进了公寓。大户人家门前停了一辆轻型小面包车，白色的车体上印着"服务"的文字。这家的老太太从护理所回来了吗？还是发生了其他什么事？太郎在那儿站了一阵，既没有人进出，也没一点儿动静。太郎没有再拐弯,而是径直朝车站走去。

再次遇到那女人是星期六黄昏后不多久的时候。那天下着小雨,太郎的隔壁邻居"戌"室的搬家从一早就开始进行,这公寓也是木结构的,噪声使太郎中午无法入睡,总算等到安静下来后,他躺在榻榻米上打盹,有线电话铃响了。

朝走廊那头的厨房间的窗口传来了声响,由于装了电话式对讲机,经过确认,对方说我是二楼的邻居阿巳。

打开房门,只见那女人站在阿巳身后,她就是阿巳的邻居"辰"室的居民。

"晚上好!"

面对笑脸和明亮的招呼声,太郎有点后退。女人不像平时那样戴着黑框眼镜,也没有化妆,头发很整齐,穿着白衬衣和蓝色的对襟毛衣,藏青色的短裤,色彩搭配得十分和谐。

"这是给您鱼干的回礼。"

阿巳把一只用花纹纸包装的盒子塞给太郎,"辰"室女子只是笑着点头致意。望着这两位身材矮小的女人,太郎首先觉得两人有点相像,稍稍揣摩那种感触,他回想起地藏菩萨报恩的传说。阿巳轮流观察着太郎和"阿辰"的脸。

"我说,这栋公寓里,加上我们,只留下四户人家了吧?我们要抱团生活下去呀。"

三月底,不动产公司通告说:这栋造了三十一年的"景观宫殿佐伯Ⅲ"的老板换成了儿子,已决定要拆除本建筑,希望租户期满后搬出。虽然建造已有年头,但奶油色的外观并不陈旧,水循环设备都很健全,拆了可惜,令人对这幢比自己年龄还小的建筑物不胜怜悯。

太郎是三年前搬过来的,去年七月做了延长两年的再续约,要到明年七月合同才到期。

按照一般租赁合约的那几户邻居或许拿到了退租费,在五月连休结束前,"午""未""酉"的住户都一家接一家地搬走了,"戌"室居民是个四十岁左右的戴银边眼镜的男子,总是一脸的不高兴,在走廊上遇见时他说:"坚持到最后,或许会追加退租费给我们。"最终却连招呼也不打一个,就爽爽快快地搬走了。剩余那家"申"室住着一对年轻的男女,都没与他们打过招呼,不时从他们房间里传出的都是吵架声。

"啊,可以的话,还富裕了一袋。"

太郎从厨房里拿出大马哈鱼,只有一袋,拿出来后才感到为难,究竟是给阿巳还是阿辰好?

"我上次已经拿过了,你拿吧。"

"谢谢。我最喜欢的食品,下日本酒合适极了。"

"阿辰"那奇妙雀跃的语调,将脚下水泥地上的湿漉漉的潮气吸了上来。

"有什么为难的事情请务必告诉我,一定,绝对不要客气。"

阿巳一再重复。"阿辰"站在她身边依然笑容可掬,然后回到二楼。

打开阿巳给的盒子,见是一个滴滤咖啡的套装盒,带去办公室里喝正合适,于是决定带走。

距太郎公寓最近的车站步行需要十五分钟,他有点后悔,房子该找在离车站更近些的地方。找到现在这个住处的时候,正好离婚,需要尽早下决心离开原来的住房,天气又热,不愿来回来去地寻找。最初看到这房间时条件明确,房租也算便宜,于是干脆地决定了。自己曾经想过,住上两年后,等到租约期满,工作和生活安定下来再考虑搬家。可是,他原本就怕麻烦,要再搬家又舍不得金钱和时间,便满足于"景观宫殿佐伯Ⅲ"的"亥"室,又再次续约。太郎一事当前,首先喜欢看心情,是否觉得"麻烦",虽然也具有好奇心,但比起勉强获得今后的幸运或者有趣的事情,觉得还是过少有"麻烦"的生活为佳。然而,"麻烦"依然不期而至。

"景观宫殿佐伯Ⅲ"周边的道路相当复杂,他对于汽车导航系统为了不在世田谷区迷路而开发的小提示半信半疑。不过事实上,这儿像太郎二十三岁之前生活过的棋盘式的规整道路几乎没有,单向道或死路很多。从公寓到车站没有直达道路，不管选择哪条到最后都得绕行，用智能手机上的地图进行比对测量，加上实际步行的感觉，综合评判后大同小异的路线有三条，上班时可按自己的心情任选一条。

第三条路线的中途，有一条狭窄的巷子，只要张开双臂就能触墙的宽度。太郎看见有人牵了一条日本小犬走进两幢房子之间，于是也跟了进去。来到巷子中间时，有点呈 V 字形凹陷，并排放着一些水泥预制板。那是暗渠的盖子，自从他在电视里看到沿着被填埋的河流遗迹行走的节目以来，对此一直有兴趣。附近有着被填埋后成为绿色道路的马路，也有看地图很难想象过去是河流的蛇行小道。但是走出那条小巷子，水泥预制板的渠盖板就没有了。查地图，这一带并没有像样河流的痕迹，他想，恐怕是统归到下水道里去了。过了几天，又在离开少许一点的角度发现一个偏离的十字路口，休息天实地前往确认，有一条斜着延伸的巷子，缓缓地弯曲，两边留有几幢木造的平房，玄关门口和窗户里面堆放着不少垃圾袋和棉被，房子旁边阴暗的巷子断头，来到了一所小学的校园。蹲在地上，可以听到侧沟里微微的流水声。

也是在深夜一直开着不关的电视里看到的景象，拍摄了在地下检查自来水管是否漏水的工人，他们在长长的细绳顶端绑上类似听诊器一样东西，放在柏油路面上，戴上耳机分辨细微的声响。半夜里在夜深人静的居民街上，找出漏水点来。

他们在人们安眠之后默默地履行自己职责的背影，真是可敬可佩。

太郎常常会想，做这种工作的人真行！他们具有基于经验的罕有能力，还有匠人们的热情。不为人知，却在支撑着人们的生活，真是不可或缺。

直到离婚前，太郎做的是美容师。在前妻父亲开的美容室支店里当了个店长，随着离婚而丢了职务。丈人是个好心人，他认为女儿和太郎的工作能力是两回事，劝他调到邻县的支店去工作。可是，那几年太郎的腰痛加剧，对以往的生活总体上感到倦怠，总想着离开那份工作。当时正好是父亲的七年忌回乡，碰到高中的同学说起，他在东京的哥哥开了个公司，招募搞业务的职员，太郎就托同学介绍。公司的业务是制作营销展示品或展会用的展台，承包营销宣传业务，职员共五人，一干就是三年。与原先的业务截然不同，美容院的店长其实也有宣传任务，但都是在工作场所，很少能到工作场所以外的地方去。如今每天上班按指示工作，作为业务员的烦恼是一到月底就要盯着每月的销售指标和客户数量这些数字，拿的工资比以前还少，但与以前相比，那时不仅要留神当丈人的社长，而且几乎是终年无休，现在到底是松快多了。

前些日子，太郎与一家进口食品公司负责新开店铺宣传业务的负责人商谈，了解到这位负责人以前在"景观宫殿佐伯Ⅲ"附近住过。

"那一带可住着不少艺人呀。"

"的确像是。"

负责人举了几个人的名字,其中有现在以两小时悬疑剧、舞台为中心的老戏骨和因为借款纠纷成为大众热议话题的演歌歌手。太郎"是嘛""哎呀",不停钦佩地附和着。

第二条路线的中途,找到了当时耳熟人物的名牌。那位演员是比太郎孩提时代看到的年代还要久远的超级英雄特效片的主演。那是一幢贴有白色瓷砖,左面半边为圆柱形的三层楼建筑。举头望去,沿着圆筒形建筑的窗户打开着,却很少听见有人说谁住在这儿。他心想,现在是不是其本人住在这儿呢?要是自己还是个小孩子,在附近遇上电视中的人物用不同的样子走路,与其说会兴奋至极,不如说会变得手足无措的吧。超级英雄特效片虽然他也很喜欢,但怎么说还只是个看到特效部分就要笑起来的孩子。他曾对保育园里深信有超级英雄存在的孩子说,那都是骗你的,惹得孩子哭了起来。太郎是在大阪长大的,电视片里的故事发生在离他十分遥远的地方,与自己生活的地方没什么关系。电视片里作为背景的居民街,与自己居住的被工厂包围的街区完全不同,讲的话也不同。所以,他才会放心地看着、笑出来。要是自己住的街区里也有这么个世界,那么就会搞不清哪个世界才是真的,他想自己将不会从房间里往外跑吧。在这个街区长大的孩子们将会怎样区分那两个世界呢？

太郎想，那幢天蓝色的房子里，也许住着一位艺人。"辰"室的女人，究竟是那位艺人狂热的粉丝呢，还是只是出于兴趣探究一下？不管是何种目的，都是无聊的答案。

深更半夜里听到了乌鸦的叫声，太郎醒了。还想继续睡，眼睛没有睁开。咔嚓咔嚓，乌鸦的脚步声传来，乌鸦们在大户人家的屋顶上行走。只要别把垃圾扔出来……太郎心想。乌鸦将可燃垃圾的收取日子记得很牢，它们在半夜里飞翔也能看得见吗？乌鸦把羽毛染得漆黑，是为了寻找逃跑的猫头鹰吗？那是在哪儿读到的故事呀？太郎蒙蒙眬眬地想起了保育园的教室，再次进入睡眠。

那是一个星期六的早晨，一直睡到十点过后，错过了把垃圾清除出去的时间。太郎吃了送科长咖啡后他回赠自己的牛蒡面包，就躺在榻榻米上。打小时候起，太郎吃完后就睡，父母亲总要提醒他这个金牛座的人，当心脑袋的左右两边长出东西来，他觉得自己不知何时会变成一只牛，可是，牛角到现在还未生出来。

大户人家的方向，乌鸦的声音还是断断续续地传来。只要乌鸦在，其他的鸟儿就不啼鸣。天气不错，透过阳台上的纱窗,可以看到一点天空。蓝天被纱窗分割得细细碎碎,活像清晰度低下的液晶画面。

有声音响起,起初以为是风声、乌鸦叫声还是猫叫声,像是一种混凝土块碰撞的声音,其实不是。爬起来走到阳台附近,一看,屋外有人影。

那儿是杂草丛生的中庭。在混凝土围墙的角落,大户人家、天蓝色西式房子和混凝土保险箱房的交界处,有一位身穿吸汗劳动布服装的女性,她就是二楼的"阿辰",不知她从哪里搞来的,把叠起的两块水泥块当作垫脚石,手搭在水泥围墙上试图往上攀爬。但是,生长旺盛的爬山虎覆盖了围墙,上面还有外挑出来的枫树枝,女人慢腾腾地寻找踏脚处,却怎么也上不去。

"你等等。"太郎来到阳台上冲着她喊。

阿辰回过头来。

"我想,这个中庭是不能进去的。"

阿辰毫无表情地凝视了太郎数秒,突然露出了和蔼的笑容。

"哦,对了!"说着朝阳台这边走来。"我有一件事想拜托,可以说吗?"

太郎想:麻烦来了!凡被拜托的大都没好事。问是问可以吗,常常是无可选择的。

"我想确认一下,我想看看这户人家。"

阿辰手指着爬山虎覆盖的围墙里面的天蓝色洋房。太郎默默地把视线转向她手指的方向。

"我想最好能让我上到在这间房的阳台栅栏上看,从那儿看一定最清楚,不过,那户人家已经搬走了。我绝不是要做偷窃的打探或者偷拍,不是那回事儿。我只是喜欢那幢房子而已。"

房子。

太郎看了看那幢斜后方的房子。天蓝色的墙壁,红褐色的房顶,不知何处有鸟儿在鸣啭,却不见踪影。

"那是人家的房子哟!"

"我绝不、绝不是感到奇怪。因为它是一幢漂亮的房子,我的工作是画画,只想确认用它做参考。"

"你就是画画也……"

"不会给人家添麻烦的。"

"啊……那就请吧。"

太郎简短地回答,他讨厌对话。可以预想到后面还会有更大的麻烦,还不如回避眼下的麻烦。前妻离婚时,这也是她例举的太郎不良性格的理由之一。

阿辰道谢后,把水泥块搬到阳台下方,爬了上去。太郎为了表示与己无关,跑进房间往后退了下去。太郎觉得,阿辰和自己差不多都是三十岁左右的年纪,不过,在白昼的光线中,近距离观察,她的脸上看上去显得疲惫,不够年轻,总觉得好像比自己显得年长。那是张难以判明年龄的脸,既可以说是四十出头,也可以说还是高中生,都可以接受。在那张未经化妆的脸上,唯有那副黑框眼镜特别引人注目。

"那边的窗户,是楼梯的平台吧?"

阿辰首先坐在栏杆上,用手指着天蓝色的人家。在底楼和二楼的中间部位,有一扇小窗户。那里镶着两只红蜻蜓图案的彩画玻璃。太郎最近才发现那扇窗边还装了电灯,不过并不记得很清楚。阿辰把手移向栏杆角落,她的手扶着墙壁小心地站起来,指向与混凝土保险箱房结合部的里侧。太郎也跑到阳台上去看,但那里黑黢黢的,看不大清楚。

"那扇窗应该是浴室的,但是并看不清,真是对不起。"

阿辰从栅栏处下到了阳台的内侧。

"哎哟!"

一看发声的人,原来是从二楼阳台探出上半身来的阿巳。她咧嘴浮现出颇有含义的笑容,点点头,而后俯视着下方。太郎也跟着点头,阿巳退了回去。

阿辰的表情并未改变,她拍掉了手上和膝盖上的沙尘,拿着脱下来的旅游鞋,并未得到太郎的应允就进了他的房间。

"我可以从房门口出去吗?我上的高中,就在警察局旁

021

边,当教室里只剩下男女生两个人时,警察局就会打电话到学校的职员办公室来。真是妄想狂哪。"

太郎不明白她这话是什么意思,只是不愿意不吭声,才开口说:

"阿巳几岁啦?"

"是阿巳——吗?"

"因为她的房间门牌是'巳'。"

"有道理。"

阿辰知道阿巳的名字和年龄,告诉了太郎。太郎觉得那名字意外,还是叫"阿巳"的好,同时还得到了她是天蝎座的信息。得知阿巳的年龄,太郎反射性地想到她与自己的父亲同龄。他记不清父亲生于何月何日,但年龄是没有错的。父亲生于战争结束那一年,每年一到夏天,到处都有数字显示。父亲死于蛛网膜下出血,要是还活着,应该到了这假定的年龄。妈妈正好小他十岁,马上就要超过他当年的年纪了。父亲二月出生的,而阿巳则晚了九个月。然而,父亲的年龄并未超越五十九岁。倘若他还活着,一定也进入老年了,不过,现在这个已是"爷爷"的父亲倒是难以想象的。太郎想起了餐具橱里的擂钵和碾槌,如今,那些东西距父亲是最近的,可是,父亲并不知道它们的存在。

"那我或许还是住一楼的好,我姓西,一楼不是有'酉'室吗？汉字相似,好记。"

"是嘛。"

"这间屋子的布局还是有点儿不同啊。浴室是在这一边的啊。"

西拿着旅游鞋在屋子里转悠着看,然后走向玄关。太郎跟在她的身后。

"面积倒没有什么区别。"

"⌐"部位的"亥"室比其他房间来得瘦长,一个六铺席的房间和一个八铺席的和式房间,浴室和厕所相同。

"感觉上还是大一点,厨房朝着一边,看上去用起来更方便。"

"是吗?"

将房间看过一遍后,她好像心定了,在玄关处穿上了旅游鞋。

"晚上我能请你吃顿饭吗？作为答谢。"

西带太郎去的小酒店位于隔壁车站前越过道口的地方。那是一个列车站站停的小站,太郎没来过这地方。

西说:这儿的油炸菜肴很好吃,鸡肉、章鱼难分上下。她点了两种干炸菜肴和中杯的生啤。

面对面坐定后细看,西的脸色苍白,似乎完全不晒太阳,可是却有肌肉,从 T 恤衫里露出的手臂和脖子,均显粗壮、结实。

太郎询问从事什么体育锻炼,她意外地回答说,打棒球。小学生的时候,未打过比赛,只是练习过。在油炸菜肴上来前,她一口气喝完了杯中的啤酒,马上让店员续上。

接着,她从一只印有昆虫的布袋子里拿出一本绘本般的东西。

"这幢房子就是那户人家。"

一本薄薄的大开本的写真集上题着"春之庭"的字样,翻开来,每一页上都有四至六张照片,基本上都是黑白的。

"瞧,都一样吧。"

西打开那幢房子外观的照片给太郎看,其中少量彩色的照片中有一张的确是天蓝色的板壁和红褐色的瓦屋顶的房子,这张从庭院里拍摄的照片,让太郎第一次看到那幢屋子的一层院子一侧。玻璃门里面有着宽敞的走廊。

"哎。"太郎终于探出了身子。

"里面是和式的吧?"

一楼是宽敞的和室连在一起的房间,走廊边放着一把大藤椅子,上面坐着一位女子开口笑着,她很年轻,梳着短发。旁边那张照片上,和室里摆放的一个日本式衣柜前,站着一位身穿白衬衣的瘦削的长发男子。衣柜是古旧家具店中看到的那种有着黑色金属饰边的高档货。

"就是嘛,与外面看上去印象截然不同哇。栏杆是印度风格的,还有大象呢。"

栏杆在分割两间房的门楣上方,年轻的短发女子抓住门楣悬挂起身子,依然咧开大嘴笑着。从太郎家房间可以看到的蜻蜓彩绘玻璃处的确是楼梯的平台,那个瘦长发的男子用一只陈旧的双镜头反光照相机在看着什么。

二楼朝阳台的房间,有竖开着的西式窗门,那个房间也铺着榻榻米。直开的窗户下,放着一张书桌,书桌前站着一个年轻的女子,正做出朝这边扔布坐垫的样子。

"好像是一九六四年盖的,东京办奥林匹克运动会那年。很有昭和中期文化人盖房子的特点,照如今的趣味看,就显得过分拥挤了。"

"的确。"

室内的照片都是黑白的,不过,在院子里拍摄的十张左右的照片是彩色的。从走廊边拍摄的庭院,左边里侧围墙边栽有百日红,右边是山樱之类的树木,再往右配置了梅树,正如前些天太郎从外面所看到的那样。梅树前面是漂亮的松树。松树下面是用圆形的石头排列成河流状,并置放着小型的石灯笼。写真集的正中间并排放了庭院的两张全景照,右边那一张照片上女人站在庭院里,而左边那张的同样部位站着那长发的瘦个子男子。拍摄的庭院风光是春季,比现在少的梅树枝头已经长出鲜艳的绿叶,左边那棵矮树上开出许多类似樱花般色彩浓艳的花朵。百日红的树木也比当下小,树叶刚刚冒出,花儿出现还早,地面上落有几朵小小的白花。

写真集的最后一页,留有很大的余白,只放了一张标准尺寸的大大的彩色照片。那里拍的是洗澡间。墙壁和地面都是马赛克瓷砖,色调从黄绿色到绿色渐变的模样,看上去既像森林,又像波浪。

洗澡间里既不见年轻的女人,也没有瘦削的男人,浴缸里也空无一物,柔和的阳光从小窗里照进这个绿色的空间。

"那间浴室真是不错呀。我最喜欢那一张照片,那黄绿色的瓷砖。"

接着,西聊起了那户人家的情况。

西发现那户人家是在今年年初为了寻找搬家地点,在借贷信息网站上翻看世田谷区众多豪宅时最终迷上的。

在网站上找到那户人家的天蓝色外观和黄绿色浴室图像那一天,西通过互联网找到了理应载有那户人家照片的写真集,选择点击以比标价高一点的"同新品"价"购入",三天以后,写真集《春之庭》送到了。出版已有二十年之久,或许是长眠在仓库里的缘故,封面只有一点儿擦伤,并没有遭到日晒的损伤,看上去就像刚出的新书。《春之庭》是一本二十年前出版的住在那幢房子里的一对夫妇所拍摄的日常生活的写真集。丈夫是三十五岁的广告导演，妻子是一位二十七岁的小剧团女演员。

写真集里排列的照片如同西的记忆。相比较而言，借贷信息网站所展示的那户人家，经过翻新后肯定还是原来的建筑。西把网站上刊登的画像一一保存在U盘上，所以至今可以随心所欲地查看那幢房子的房间图像，一楼装有彩绘玻璃的玄关、走廊、白木厨房、浴室，二楼的两间六铺席西式房和一间八铺席和式房间、阳台，还有种有百日红、梅树和海棠树的庭院。

不过遗憾的是，西没能成为那幢房子的住客。两层三室一厅的面积一人居住实在太大，一个月的房租竟高达三十万日元。西说，但是，后面的公寓正好有符合条件的空房，真是幸运。每天生活的场所有点乐趣是件好事，她从孩提时代起就觉得自己是个幸运的人。

太郎问道：这么想住的房子，进去看看不行吗？譬如说几个人一起租用不行吗？西回答说：要是有人在自己相同的空间里一起活动，就无法安宁，所以自己是无法与他人一起生活的。自己也严守规矩，不愿意去麻烦不动产公司的人员，跑去看自己并不打算居住的房子。三十万日元的房租是完全付不起的，事实上，过去曾经去看过一家稍稍超过预算的房子，那个大户人家的老太明说:那可不是你可以住的地方!哈哈哈哈。

西去看了距车站徒步十五分钟、建房三十一年的"景观宫殿佐伯Ⅲ"二楼的房间,签下了为期两年的租赁合同。不动产公司说,这房子将来有拆除的计划,她立刻回答说没关系。接着,于二月一日搬了过来。

西在东京住了二十年,在东京的搬迁这次也是第四次了。

小时候,西住在名古屋市的靠近临海工业地带大型住宅区里。北侧和南侧分别是市营住宅和公团住宅。西住在由十二栋楼组成的市营住宅的中间,五层楼房子的第四层,与父母亲和弟弟同住。窗户外面可以看到相同的五层楼房排列着,她去与住宅区同时建造的小学读书的同学家里玩,发现房间的构造也完全一样。在电视和漫画里看到的家中有楼梯及走廊的房子就成了一种模糊的憧憬,或许与憧憬不同,只是一种兴趣。她想过,住在有楼梯和走廊的家里不知是一种什么样的感觉?住在那种房子里的,又是什么样的人?她还经历过收集住宅的广告单,在本子上画上理想的房屋外观以及房间结构图与朋友们分享的时期。他们决定自己与家属们的房间,想象着围绕那些事情的会话,是一种过家家式的延长线上的游戏。

入高中的时候,她家搬到了静冈,与之前的住宅区不同,那儿只有四栋住房。与过去完全一样,也是五层楼的四层,房间的设置也几乎一样,家具的配置也没啥变化,周边的风景十分相似,靠着海边有工厂和物流中心,高速公路围绕着城区。满是尘埃的大型卡车交会,她骑着自行车贴在卡车旁边前往高中。

西与写真集《春之庭》相遇,是在高中三年级教室里午休的时候,有一个同学给她拿来,是谁已经想不起来了。那时还不流行照片,不过,写真集中有当时人气小说家和女演员写的赞词,文化杂志选登了一部分得到了好评。所以拿来的人很有可能是吹奏乐团的小林,或者是要考美术大学的中村。西记得,午休时大伙儿正在桌边吃着便当,高桥的饭盒中一定会有的小番茄滚到了那本写真集上。

写真集《春之庭》是"牛岛太郎"和他的妻子"马村绘子"共著的,三分之二是由广告导演牛岛太郎、三分之一是由小剧团的女演员马村绘子摄影的。

当时,牛岛太郎制作了几个颇有人气的广告,常常出现在采访的报道中。他的作品活像用 CG 描绘的具有陶器和金属质感的女演员形象,以及经过缜密制作的、无国界风的世界范围里广泛传播的电视剧广告上标新立异的模仿物。西并不喜欢他那种装腔作势的风格。

然而,牛岛太郎和马村绘子互拍的写真集《春之庭》与广告片不同,主要由质朴的抓拍镜头组成,西觉得《春之庭》是一本很好的写真集。她喜欢马村绘子天真无邪的表情,她倒立或侧卧的奇妙姿势相当有趣。不知为什么,还有在院子里刷牙、握住四只用毛毡做的模仿蜜橘的东西在被炉中睡觉的照片。

西慢慢观看着他们俩生活的这个家。它与迄今为止西生活过的房子规格迥然而异。特别定制的彩绘玻璃和栏杆,楼梯的扶手上都有雕刻,西式竖开的窗户,走廊和庭院,这一切虽然在电视和漫画中了解过,但是在西的现实生活中毕竟不常看到。尤其是那贴有黄绿色马赛克瓷砖的不可思议图案的浴室,十分令人满意,使她想起了高迪①创造的公寓墙壁。她并不认为这是多么好的一种趣味,不过,一想到希望这种浴室、制造这种浴室的人,还有每天在这儿洗浴的人,她就不由得想笑。

当西看到这本写真集的时候,也许初次想到了结婚和恋爱,照片中的牛岛太郎和马村绘子看上去十分满足。她再也没有像那时候那般深切地感到,能与相爱的人一起生活是快乐的。半年之后,西进入了东京的大学学习,开学仪式后旁边的同学邀她进了写真部,她经常看到部活动室书架上那本

---

① 高迪(Antonio Gaudiy cornet,1852-1926),西班牙建筑师。受故乡加泰罗尼亚风土和中世纪美术的影响,创造了独特的超现实主义家住风格。

《春之庭》。自己之所以没有购买，主要是买照相机和胶卷都要花钱，自己去部活动室又随时能够看到那本书。照片自打大学毕业后，由于无法再使用暗室，就基本上不再拍摄。她最喜欢暗室里显像纸在显影液中浮现出以往风景的瞬间，要是不能够品尝那种滋味的话，那么照片对自己就没有什么意义了。

以上大学为契机，西搬到了东京，最初是一个人住在郊外的旧公寓中。那公寓造在大户人家的宅基地里。从二楼的窗户里，可以看到广阔庭院里的各种树木。海棠花开，光叶榉吐芽，紫阳花变色，百日红三月花谢，丹桂飘香，红叶飘落，在寒冷的二月，循着馨香将视线转向盛开的红梅，还有白木莲那大朵的鲜花。其中海棠和白木莲显得特别美丽。

以往，西觉得树木只是在道路、公园，或者远处的山上才有，因此，对于家中也能知晓季节的变化感到惊讶。再说，这个庭院从外面的马路上是看不见的，只有大户人家和后面公寓的居民才能了解季节。这个庭院并非老旧下去的物体，而是还在成长、在开花，冬季枯衰的树枝上又会萌发出新芽，有着新的生命。西从未饲养过生物，因此她对于自己生活的空间，居然存在着与自我一直无关的生物感到惊异。

遗憾的是，当时的公寓在西离开后发生火灾给烧毁了，幸好没有人员受伤。当时的大户人家的房子与现在的"景观宫殿佐伯Ⅲ"的大户人家房子极其相似,所以,西觉得自己住在现在的公寓也并非偶然。

现在哪一个书店都找不到在售的《春之庭》,虽然是牛岛太郎和马村绘子共著的,但是写真集上并没有记载那一张照片是由谁拍摄的。两人共出的写真集仅此一册,《春之庭》出版两年之后,他俩离婚了。牛岛太郎转向当了美术作家,迁居柏林(当时被采访时提及离婚)。凑巧最近在日本举行的美术活动的通知中看到他的名字。马村绘子好像不再当演员,在原先的所属的小剧团里她是三号女演员,只是偶尔在电影里出演一些配角,所以之后就不再听到她的消息。

几度观察,写真集中的那幢房子丝毫未变,朝南的宽敞的起居室现今铺上了地板,不过,在写真集里阳光深深地照进榻榻米连接的房间,马村绘子倒立在房间正中。她没有靠墙,脚尖也伸得笔直。从大学时代喜爱演戏的她的同学那儿听说,马村绘子的运动神经超强,在剧团的公演中,她还会表演倒翻筋斗和武打功夫。

走廊边挂着一只大鸟笼,因为是逆光拍摄焦距不准,看上去不太清楚,里面总是有鹦鹉或鹦哥类的鸟儿。离婚后,这鸟归谁领养呢?一定是马村绘子,西想。鸟名也是绘子起的,她在网上的报道中看到,温斯顿·撒切尔饲养的鹦鹉至今还活着呢。也许马村绘子也一定在什么地方养着那只鸟吧。

西搬迁过来的二月上旬,大户人家庭院中的树木大都落叶,但是,冷空气中鸟儿还是不断地飞来。白头翁、山斑鸠、麻雀、大山雀、蓝鹊……她从电子词典的鸟图鉴的照片和鸣叫录音中得到了确认。白头翁的叫声用"吵闹"来加以形容,野鸟指南手册上说,这种鸟只有日本列岛及其周边存在,是世界上颇为稀少的鸟种。

西每次走到"辰"室的阳台上,都把看到大户人家庭院里随着季节的变化而出现的植物、水泥围墙上行走的小猫以及屋顶和窗户上飞舞的蝴蝶画到素描本上。

西从事的工作是画漫画和插图,大学毕业后,她在广告代理店的承包公司就职,从那时起,就开始一点点地为他人画插图。五年之前,以在杂志做漫画连载为契机,辞掉了原先的工作,现在主要的工作就是为就职信息杂志和料理杂志投稿的插画逸事稿配漫画,为杂志和广告单独做插图。在自己的领域里不定期地做些更新,譬如将成语故事及中国的民间传说绘编成超短篇的图画读物。

三月里西见到的一位编辑约她把那些作品编成一个单行本出版,编辑说,原本企划了一本写真集,但是因为写真集现在不好卖,计划被驳回。于是,西讲起了《春之庭》,然而,那位二十岁中段年龄的男性编辑,根本不知道《春之庭》的作者牛岛太郎和马村绘子,并未表现出什么兴趣。

几天之后，那位编辑与他的女上司尬聊之时，想起女上司原来是从事演剧和美术领域工作的。他问上司是否知道牛岛太郎和马村绘子。女上司从事信息杂志编辑工作时，曾几次采访过马村绘子，她十分眷恋地说，当时参加了剧团终了的活动，有缘拿到了与牛岛太郎离婚后马村绘子绘制的插图写生集。编辑很兴奋，说这是"巧合"，说西正好又是马村的粉丝，马马虎虎地传递了信息。尽管女上司认为他"巧合"的用词是错误的，但是，眼下这个不得要领、半途进入公司的部下热衷于自己所说的事情，还是令她感到高兴，便把马村绘子的插图写生集给找来了。又过了两天，编辑就在信封里装上缓和的材料，将那本插图写生集装在里面给西寄了过来。

那是将A4纸对折用订书机装订起来的，与其说是插图集，莫如说是手工制作的活页报刊之类的东西。一共十八页，不是印刷品，而是彩色的复印。用颜色铅笔画成邮票大小的图画，随意地复印在纸上。红蜻蜓的彩绘玻璃、藤椅子、廊缘、餐具，解释那户人家的一部分或者使用过的东西。那些画好像是随意涂写的，不过，线条却是中规中矩的。画与画的间隙处，写有纤细的文字。"木造的房子，空寂——""廊檐边的毛毛虫，讨厌虫子。""为何是蜻蜓图案？讨厌虫子。""榻榻米外廊。一楼与二楼花纹不同，看不明白的花纹，勾起孩提时代的记忆。""喜欢窗户。玻璃有点儿歪斜，外面的空气看上去也歪斜了。光线是曲折的，光速在变化。""想睡觉""茶碗碎了，想到应该拾掇，可太悲伤，没法拾掇。"基本上全都是自言自语似的笔记，其中完全没有牛岛太郎的话语，马村的公演活动与朋友关系也未涉及，只有那幢房子的片段以及围绕它的记忆。

西感佩，画得真好。那些插话并不怎么有趣，但却是写真集中马村绘子会说的。西想，把这些话用栏框圈起来贴在照片上太合适了，于是拷贝下来，将其剪下，放在写真集上。

几天后，又是那位编辑传来了马村绘子现在开办瑜伽教室的信息，是女上司为他查到的。电邮上面还有那瑜伽教室所在地的地址。若是瑜伽教室，自己或许能去见到马村绘子。西怀着期待，并多少感到有点紧张，迅速点击了链接。

显示栏目的构图简单，感觉良好。主页上是一片新绿的树林中摆出瑜伽姿势的女子画像，那是一个侧面，又是逆光拍摄，表情看不清楚。翻动画面确定地址，才知道是在山梨县的避暑胜地。点击了"教练"的字样后，女人的肖像照片显示出来，写着"泽田明日香"，看来那才是马村绘子的真名。

西首先想到，真是个美人。长长的黑发扎成一束，摆出造型的"泽田明日香"的确就是马村绘子的面容。眼角细长的眼睛和大大的嘴巴，扭转脊背的姿势与《春之庭》写真集中所拍摄的惊险杂技的动作是共同的。

可是,西又只能把她认定为与"马村绘子"不同的人物,"自然的力量""净化""改善"等健康的单词组合起来的"讯息"与写真集中微笑的马村绘子、与插画和喃喃自语的马村绘子怎么也连不到一起。回看博客,越看西越觉得"泽田明日香"与"马村绘子"相距甚远。

关上网页,打开《春之庭》的写真集,看到"马村绘子"依旧存在,便放下心来。来到阳台上,见天蓝色的房子仍然沐浴在阳光之中。

那一幢房子里,马村绘子所描绘的窗户和楼梯还在,如此一想,便涌起一个冲动,哪怕是一次也行,应该进去确认一下。

一天两次从那户人家门口走过,在"辰"室的阳台上眺望。二月半的时候从租赁房资料中删除了信息,不会再有人搬来,西在推测:或许由于某种原因那户人家不再向外租赁房屋了。

令人后悔的是,大概是因为自己的疏忽,那幢房子有新住户搬来的那天,自己正好不在家。三月底,西为了去见住在千叶的母亲,有两天不在家。回来后第二天上午去转悠时,发现那户人家门口有一辆天蓝色的轻型汽车,门的内侧还有一辆三轮车。西的心中大吃一惊。走进门边一看,门上已经挂上了"森尾"的门牌。抬头望去,二楼的窗口还放下了白色的百叶窗帘。

不对。西率先想到。

这与《春之庭》的写真集对不上。理应装有窗帘的窗户成了百叶窗,玄关旁边理所当然的放有三轮车、自行车和孩子们的玩具,门上挂着现在这样字体的门牌。

整个身体躁动不安,回到房间也无法工作。每一小时都从那家门口走过,下午一点左右消失的那辆轻型汽车,四点钟回来了,与之撞了个正着。西躲在电线杆后面观看,年轻的母亲带着两个孩子一起下了车,一个将要上小学的男孩和母亲抱着的一个女孩。

对于真的有人已经在那幢房子里开始生活,西大为惊讶并不知如何是好。当初,她曾经为照片中的房子得到改变而感到担忧,不过,没过多久,她就熟悉了"森尾一家",已经在他家门口来来去去地走了一个礼拜,连自己都开始觉得难以置信。

那栋房屋空置的时候停滞的时间又动了起来,与房子里没有任何人的一周前一样,屋子本身并没有变化,然而,那地方的气息和色调却截然不同了。不仅仅是有人在里面生活,而且那房子自身也好像突然间活了。与照片中一样被反复观察的房子,令人感到它有了自己的意志,开始动作起来。或许是有点儿夸张,就像人偶变成了人那样富有生气。每次经过他家门口,每逢看到门上邮箱里露出的信封以及阳台上晾晒的被单,西的体内总会产生一种温暖的感触。

之后,西几次看到"森尾"的家人。两个孩子乘着校车去上幼儿园,父亲每天回家很晚,西只看到过一次,他身穿黑色的西服套装,个子很高。

西觉得那幢房子比空置的时候离自己更近了,同时,变成他人之家以后也成了自己不可进入的场所。一想到不可入内,反倒更想着进去看看。

只要与森尾太太相识不就能进去看了吗?她在琢磨能在何处与她相识。不过,由于行动范围和生活形态迥异,有没有什么好方法呢?

在谈了那么多情况的期间,西喝下了中杯生啤七杯,上了两次厕所。太郎只喝了一杯啤酒,之后喝的是乌龙茶。离婚以后,他决定啤酒只喝一杯,已经坚持了三年。

太郎的脑海里,至今记得父亲喝醉后脚步不稳、跟跟跄跄的样子。原本只喝啤酒的父亲,后来也喝起了烧酒,接着,二杯、三杯地增加,那是从什么时候开始的?他要是再活得久些,酒量一定还会增大。

西把第八杯啤酒一饮而尽,从黑框眼镜的里面,紧盯着太郎的脸。

"真让人放心不下呀。"

太郎心想:这是喝醉了的人的眼睛。

"老鼠和牛在哪里?"

"老鼠?"

"我是说房间的名字。从'辰'开始,前面不是还缺四个字吗?我想,'景观宫殿佐伯'公寓还应该有Ⅰ和Ⅱ吧。"

"按照顺序应该是的。"

"附近转了好几圈,也问了房屋中介,说是没想到有。"

"是已经拆除了吗?"

"还是会那样认为吧?不过,是子、丑、寅、卯四个吧?只有两间房的公寓不大会有吧?是否叫其他名字呢?再不就是有什么隐匿的意思。"

"还真不清楚。"

太郎端起乌龙茶杯,里面只剩下冰块了。干炸菜肴的确美味,比起章鱼来,太郎更喜欢炸鸡肉。

"对不起,人一紧张,就只顾着不停说话打发时间了。"

西憨笑着喝完了第八杯啤酒,太郎看着她的侧脸说:

"西小姐,我想你与我姐姐同岁吧。"

"是嘛,我也有个弟弟呀,只有一个。你姐姐在干什么?"

"她在名古屋,在专门学校当老师。"

"哎,名古屋。住在哪儿呀?"

"哪儿么?忘了。"

"下次问问。脸长得像吗?"

"不好说。五岁时就分开了。她好像在为每年一次的海外旅行而工作,上一次嘛,好像是去了墨西哥的什么遗迹。"

"哎——想跟她聊聊。她不来东京吗?"

"不来。我大概三年没见她了。"

"哎呀呀,三年不见啦。"

"就这种状况,偶尔发个电邮。"

"是嘛,是那样吗? 不,就是那样的!"

或许是醉意使然,西的态度忽然变得沉静下来。为了避免她过多地引起兴趣,太郎故意不说起自己的名字与天蓝色房子男住客名字相同,以及自己与西一样也是在市营住宅区长大的事。他小时候住的不是五层楼的公寓,而是当时最先进的十五层楼公寓中的第十三层。面朝阳台的窗户边,放了双层床铺,太郎上小学后,就睡在上铺,姐姐睡下铺。每天晚上睡觉之前,太郎就在上铺眺望街景。运河上的桥梁,露出钢筋的工厂,还有垃圾焚烧厂的烟囱。跟着那上面装着的红色灯光一亮一灭呼吸三次之后,就会想睡的。这样的入睡方法,是姐姐教的。

会计的结账便宜得叫人怀疑是否算错了,西按照约定全额支付了。走出小酒店,西说,她还要中途参加在朋友家举行的饮酒会,便向车站走去。太郎也一起陪她到检票口。分手之际,西从布袋里拿出刚才的写真集,将它分成两册。正确地说应该是相同的有两册,她把其中的一册给了太郎。

"慌慌张张地买了两册,一册就送给你吧。"

太郎接过《春之庭》,直接拿在手上,与两小时前来时反方向,朝"景观宫殿佐伯Ⅲ"走去。小小的商店街走完后,住宅街显得黑暗,连迎面走过的路人也没有。

独自一人走在静谧的路上,现今生活的街道风景与记忆之中成长的街道风景,无论是建筑物的规模和空隙,还是人口的密度都相差太大,觉得记忆中的街道显得遥远,宛若他人之物。好似把电视和电影中看到的风景误认作自己的东西;甚至是将在那个住宅区的一千个房间里住着的某人所看的风景,不知怎么搞的竟混进了自己的意识之中。

第二天早晨,打开玄关的房门,看见那儿放了个纸袋。里面是一个二十公分的方形盒子和绿色墨水写的纸条,上面写着:"熟人的杂货店关门了,给的库存品,鸽子时钟。当礼物送你。西"太郎觉得每隔一小时就敲响太吵闹,打开盒盖确认了一下木制的上半部,没有取出,就塞进了壁橱。

太郎开始稍稍绕道,经过"森尾"住宅旁边去上班。

太郎从西那儿听说,森尾家的停车场上除了轻型汽车之外,偶尔也会停上一辆德国产的高级车,大概是丈夫外出工作时所用。那是辆少见的藏青色色彩的车身。墙壁和轻型汽车是天蓝色的,可以判断他们家喜欢蓝色。

房子里不时传出孩子的尖叫声,可是,一次也没见到过他们的样子。西每一天都要在他家门前来来回回地走上几次,或许已经被人家当作怀疑对象了。

过了几天,终于在上班去的路上赢得了慢慢观察别人家情况的机会,还不光是森尾家。

周边是被称作"高档住宅区"的街道,但并不是以道路为界明确区分楼层高低的。距离车站较远的地方主要是大户人家及楼层较矮的高档公寓,越靠近车站,单间公寓、瘦长条的住房、杂居高层等种类的住房就增多,装有多个监视探头的大户人家隔壁,既有"景观宫殿佐伯Ⅲ"到陈旧狭小的公寓之类的房子,也有站前商店街巷子深处,从前建的有地主家气派的带有街门的住房。

年代久远的建筑物与新盖的住房,设施豪华的公寓与旧迹明显的公共住宅交错混杂在一起。其中既有名人的宅邸,也有寻找租屋时可以检索到的没有浴室的几处公共住宅。

每一幢建筑物都有着建设者的理想和愿望,然而,整个街区却没有整体的规划方向,完全是各自一时的主意和权宜之计的集合,进而,各不相同的细部发展成的结果导致了这样的景观。一想到这一点,太郎反倒感到轻松了。在这种环境的一隅,自己独自一人自由地躺在榻榻米上午睡,度过休假日,不是很舒服吗？

而且，对于无人之家，怎么说呢，他一眼就能看出来。正像西所说，无人之家与有人居住的家根本就充溢着不同的气氛，拾掇得很干净，乍一看像是家中人外出的房子，也能马上知道是无人之家。其实世上有各种各样的无人之家、空房间。从高架上行驶的电车中也能看到相同高度的公寓和办公大楼的房间。

没有人居住的家居然如此之多，想来真是一件极其奇妙的事情。在离开东京以外的地方，各处的街区都失去了以往的活力，即便是大车站前，放下百叶窗的马路比比皆是，太郎老家附近的商店街，大白天都是暗的。但是街道整体与退潮中的无人之家相比，在整个日本人口不断流入，房租难以置信高企的街区中的无人之家并不让人感到凄凉以及问题的严重，这只不过是些悄悄开启的空洞而已。那一边还处处可以看到巨大的高层公寓在持续建设，可是内里却出现了许许多多的空洞。这使人联想起买来后放置一段时间就会出现很多空隙的萝卜，不过，空房子可以拆毁重盖新的，而萝卜就不行了。转念又想到海绵和有洞孔的乳酪，可是，怎么也想不出巧妙的比喻。

悄悄地潜入某处的房子里生活，是不是不会让别人发现？有城市基础设施建设停止，门口立有"震灾时井水提供之家"

招牌的住房,只要有水,总有办法活下去——他甚至想到了根本就不会去实施的主意。

从车站到并排开设的商店街后侧,上班行走路线的一条侧路,有一幢相当大的带着庭院的空房子,门内停着的一辆小型汽车,已经多年没有开动过了,车内地板也脱落了,从里面长出了杂草。常绿树的树枝生长过于茂盛,覆盖了电线,进而狭窄了通道,快要攀上房子了。从破损的板壁缝隙中,可以看到平房的走廊。防雨套窗不见了,与玻璃窗重叠的隔扇紧闭着。一点光亮透过隔扇照进屋内,室内一定是一片幽暗吧。榻榻米已经发霉,生了锈的汽车和晾衣杆相同,屋里还留有一些家具。这个家里漆黑的夜晚和昏暗的白天反复轮回,有时从通气口处传来老鼠的脚步声。不知何故,这样的想象十分鲜明。就像目睹过的房间一样,一切都很详尽。

有一天,那里成了一块空地。一周以前还毫无变化,忽然间,一切都没有了,不论是生长过盛的树木、杂草,还是平房、小型汽车都不见了,太郎一开始甚至想不起那里有过什么。

斜对面也出现了一块空地,那儿曾有过什么样的建筑物呢?最终也没想起来。好像是在始终是空地的地方开始施工了,告知房屋解体及建筑者的招牌突然出现在眼前。

太郎想到,自己现在所住的公寓,明年、后年也会出现这样的招牌。自己隔壁、再隔壁的不会有人再来居住的空房间会经过清扫,却不会进行修缮。一想起从窗户里看到的隔壁昏暗的空房间里那破损的隔扇门、敞开的壁橱,太郎立刻想到,自己应该开始考虑接下去该迁往何处了。

西可能对于前两天喝得太多、说得过多进行了反省,一见面态度特别和蔼地打招呼,却总有点冷淡疏远的意味,也不主动提起要来房间造访的事情。

太郎回家的时候,总是从箱子里看到"辰"室房里亮着灯,不过,阳台上却看不到她的身影。偶尔,阿巳会伸出头来观看太郎的房间。

从六月半开始,虽然没有下多大的雨,可天气每天都是阴沉沉的。

每天,云层都低低地严严实实地覆盖着。在看不见晴空的阴天或雨天,太郎总是无法想象在云层之上的自己,而且也无法想象云层之上还有天空。他觉得云层的对面并不是晴空,但也不是昏暗的宇宙,而是一片清澈透明的空间。

第一次乘坐飞机的时候,那天正好下雨。起飞之后的飞机穿过像干冰形成的烟雾的白色之中,蹿出云层。看到碧蓝的晴空,太郎打心底里感到吃惊。他在不安,难道自己存在的世界移向了另一个世界?可是,透过双层的窗户往下看,一片洁白的云层之上,强烈而又明亮的、一望无垠的压倒性的大量的云雾正像他一再想象的那样。太郎诧异:自己不曾见过一次的东西,为何能够如此鲜明地感知?他不停地找寻在云层上行走的人,可是一个也没找到。在两层玻璃之间,他发现了像积雪结晶似的白霜。

在云层的间隙处,他看到了下面的大海和陆地,与地图上所画的相同形状的海岸线就在那儿。脑海中描绘的世界与自己每一天行走的地面居然是相同的地方,首次产生这样的感觉,因此他喜欢上了飞机。

父亲连一次飞机也没乘过就去世了。除了去钓鱼,他很少外出旅行。看到新闻报道,他总是口头禅似的说:美国就这样,美国政府就这么干的。包括美国在内的外国,他一次也没去过就了此一生了。

今年正月,母亲已经第三次去夏威夷了,喜爱旅行的姐姐的确已经去过纽约和旧金山了。可是太郎嫌旅行的准备麻烦,出国旅行只去过一次前妻想去的意大利,记得最牢的就是在罗马看到的市场遗迹。

下班回家后到睡觉这段不尴不尬的时间里,太郎看着《春之庭》这本书,把它与阳台上所见到的那幢房子做着对比。

可是,拍摄照片,而且被拍的男子只是一个与自己同名的男子,这并不能引起太郎的什么热别的兴趣。西说,马村绘子的天真无邪的表情很好,两人的亲密自然传递,这户人家的独特氛围与两人的关系互相影响云云,可太郎并不怎么感受得到。

要说个人快照的自然表情,的确是那么回事,将其归为一册令人感觉到真是太自然了。古老的家具极有情趣,即便是稍感凌乱的矮食桌,也显得像样周全。尤其是牛岛太郎,哪一张照片都拍得表情丰富,看上去简单的发型,身穿平时常穿的白色衬衣,泰然自若地回头的角度恰到好处。但是,太郎并不喜欢这种经常在乎别人眼中自己姿态的男人。最终,他的感情或许还是影响了他真诚地欣赏这些照片。

不过,只要一想到写真集中的房间都在那天蓝色的墙壁之中,对于西希望去亲眼看看的心思就变得易于理解了。

在影集接近结束的页面上,有一张牛岛太郎在庭院里的照片,他在庭院的右侧,在松树和梅树的跟前挖坑,打点庭院时也穿着白衬衣。在太郎看来,这张照片上只有男主人一人,被相机拍到在挖坑,那个坑直径大约一米,深约二三十厘米。与其他照片相比,可以推测他或许是在更换种植比较矮的灌木。

趁着晾晒洗涤物的当口,顺便眺望一下那户人家,可是,看不到他家的院子。大户人家的宅地里树木和爬山虎越长越茂盛,翻越围墙,枫树枝已经迫近了太郎的阳台。有几只乌鸦在合唱,似乎在那儿会话。太郎想起了沼津将猎豹埋在庭院里的故事。牛岛太郎所挖的坑看来是准备埋什么东西的。是那鸟笼中的鸟吗?照片并不是按时间系列排放的,那只鸟不知何时死了,不对,要是埋鸟,那坑是否也太大了点。

太郎觉得脚上发痒,今年夏天,他第一次被蚊虫咬了。

六月最后一个星期六,正下着雨,家中马上就要没有吃的东西了,太郎出门去便利店转转。刚走出房门,只见阿巳和西已经站在外楼梯前。

她俩指着楼梯边种植的树木,在交谈着什么。

太郎并不知道那树的名字,反正那细细的树枝上长着绿色的叶子。前年初夏,他第一次看到那棵树上开出了许许多多白色的小花,感叹着树上怎么会开出那么多可爱的花朵。今年他记得前一阵又看到了那种白色的小花,接着,枝头就出现了一簇东西,它不像是花朵,是一种形状奇妙的果实,而这在去年并没有看到过。阿巳和西好像也指着那奇妙的部分在议论。

"那是什么呀?"

"是虫瘿。"阿巳回答。

"虫瘿是什么呀?"

"是球米草粉角扁蚜,蚜虫寄生在橄榄树上,使树芽变形,在里面养育幼虫,长得活像猫爪,所以也叫猫爪扁蚜。"

"我觉得像猴子香蕉,也像秃猫的尾巴,据说有九根。"

"那是狐狸吧,猫或许是两根。"

不知为什么,这一次是西骄傲地笑了。阿巳想要看透太郎心思似的抬头看着他说:

"没有狐狸,貉子倒是有的。你知道吗?它们是一对母子,住在世田谷铁道线,吃的是什么呀?虽然长得像,却不是浣熊。"

她的眼睛发射出光芒。太郎多次看到阿巳在路边与小猫讲话,他心想,阿巳是爱好动物的。

"东京真是个大自然啊!"

太郎这么一说,阿巳的眼睛越发闪亮了。西在她的身后默默地点头。

夜里,太郎在房间里吃便利店购买的盐炒面,阿巳拿来了植物图鉴、野鸟图鉴和动物图鉴。她说,我想一定对你有用,硬是塞给了太郎。

太郎忽然想起,问阿巳那幢天蓝色的房子里以前住的是谁?他这才第一次知道,阿巳在这栋公寓中已经住了十七年了。阿巳记得,她搬来这儿的时候,牛岛太郎和马村绘子已经不住那幢房子了,一对美国夫妇住了大约十年。之后一对夫妻和他们读中学和高中的兄弟儿子又住了大约五年。太郎记得自己也曾看到过那对夫妻和他们的两个儿子,不过有点记不清了。

据说,阿巳与那对美国夫妇多少有点交流。丈夫在日本从事与飞机相关的工作。妻子经常修整庭院,当时在玄关前的栽植处常常碰面。她几乎不懂日语,因为主动和蔼地对阿巳打招呼说:"你好!"她也不得不回应那位妻子的好意,站在那儿与她聊上几句,用英语告诉妻子,自己喜爱尼尔·杨,与他同年。阿巳三次应美国夫妇之邀参加会餐,在客厅里用很大的立体声喇叭放送尼尔·杨的音乐。那时候,地上已铺上了地板,庭院里还栽有松树,厨房也并没有改装修。前些天西听说这一切时,对阿巳极为羡慕。

太郎有点儿意外,尼尔·杨居然和父亲同岁,自己几乎对他的曲目全然不知。他避开在玄关前说话的阿巳的闪闪发亮的眼睛,说道:

"我的父亲,对于喜爱摇滚和爵士乐等吵闹音乐的年轻人带有固定老一套的成见,我要买吉他的时候,他冲着我发火。我在四国的山间生活到十八岁,与同时代的年轻人大不相同。"

"我虽然在东京,不过也是生活在郊外,年轻时被邻居们说成不良少女。真是值得怀念啊。参加了披头士乐队来日本公演,令人自豪。"

"哎,真了不起呀。"

"你父亲还健在吗?"

"不,去世已有十年了。"

"是嘛。那么年轻,真是可悲。"

阿巳声音哽咽,眼中浮起泪水。一个从未遇见过的人,她与太郎又非特别亲热的关系,为什么要哭呢?太郎以莫名其妙的好奇心凝视着阿巳。

之后,阿巳在玄关前又聊了一阵往事的回忆。她出生在现在西东京市的田无,几年之前一直在服饰专门学校教缝纫制作。披头士乐队在武道馆公演时她去了,尼尔·杨在美国公演时她也去看了。尼尔·杨是加拿大人。顺便她还介绍说,大户人家的主人从前是地主,现住在护理设施中的老太太刚嫁过来那一阵子,连火车轨道那边也都是佐伯家的田地(阿巳认为这或许有点夸张)。她故去的丈夫原先是中学的校长。"亥"室在太郎来之前是一位中国女留学生借住的。这些就是太郎在这一天获取的信息。

与钏路的独生女结婚的沼津,与妻子一起搬迁到俱知安町,在住宿设施工作,所以到六月末辞去了公司的工作。

太郎问:你去夫人娘家附近生活吗?沼津嘲笑他:钏路到俱知安有将近四百公里距离,开车需要七个小时,相当于东京到大阪啊！直到前两天对北海道还一无所知的沼津摆出一副了不起的神态,使太郎难以释怀。在沼津最后一个出勤日,太郎把以前从西那儿得到后塞进壁橱的鸽子时钟当作祝贺乔迁的礼物送给了他。

天气变得闷热,朝阳台打开窗户的次数多了起来,纱窗的边缘部分散开,容易脱离窗轨。因为有了空间,太郎想将它修好。就像担心的那样,纱窗向外脱落了。由于比较麻烦,他正在犹豫就随它去脱落不管了,这时,发现窗轨的右侧夹着一颗小圆石一样的东西,蹲下去仔细一看,原来是一个罐状物体,一两公分,手指那么大小的圆罐状物体。

太郎拿来手电筒,照着看那罐状物体。怎么观察,那也是一颗小型罐状物体。上部是日式酒壶的头的形状,好像用轱辘旋转制作似的均等、精巧。灰色的,小心触碰,坚硬,好似水泥做成。这可是从未见过的东西,太郎设想,它应该是虫子的卵或是巢。

心中稍稍觉得有点可怕,轻轻地关上窗户。那个小小的罐状物体在右侧铝合金窗轨道外侧,左侧的窗轨即使呈全开状态,它也能留在那细小的间隙中。

阿巳留下的图鉴中,遗憾的是没有昆虫的图鉴。

在智能手机上输入"罐子""虫子""巢"等字眼进行检索,看到几个与夹在窗轨里东西完全相同的物体的画像,那是酒壶蜂的蜂巢。说明上写着:蜂在里面产卵,将其他虫子的幼虫当作饲料一起放在里面,盖上盖子。一个卵就做一个巢。于是太郎心想,莫非别的地方或许还有,便在阳台的小窗框处又找寻了一番,并没有找到。

解说有说明,从卵变成幼虫再成为成虫弄坏盖子飞出去,太郎看到的酒壶蜂巢的盖子是打开的,是成虫已经飞走后的巢。他又把窗户稍稍打开再次用手电筒照着观看。酒壶里面一片漆黑,什么也看不见。小小的黑洞,令人感到它是深不见底的。

顺便又检索了一下"球米草粉角扁蚜",附有详细解说的网页上排列着小虫子密密麻麻挤作一团的画像,看了极不舒服,他就关闭了手机。

沼津走后接手的工作,加上教导替代他工作的打工者,整个夏季,太郎十分繁忙。炎炎夏日,太郎每次去营业所上班,先是被日射和密集人群的体温夺走了体力。在换乘的新宿站,通道的工程刚结束,其他通道的工程又开始了。太郎最初来东京工作进修是在十三年之前,这个车站的某处也在施工,那以后,从数年前开始,总有地方在施工。太郎想,这施工总也完不了吧。何时施工结束了,车站也就停止使用了。夜间回家很晚,关上窗户打开空调在房间里闷头睡觉,日复一日。

空调是已有十年历史的型号,噪声很大,别说会感到太冷,连气温几乎都很难下降,怎么也不会使人感到室温适宜。他在不计一切后果地拼命工作,仿佛已经知道一两年后自己的下场。冰箱的奇妙的声响频度甚高,恰似"嘟嘟嘟"摩托车的马达声刮过,将他惊醒。

偶尔,阿巳自称是"土特产"或"他人赠物",会送点食物给太郎分享。作为回礼,太郎拿点同僚赠送的从海外出差带回的很甜的点心,去阿巳房间。上二楼拜访,这还是第一次。

站在玄关处往里张望,发现阿巳房间里家具和物品极少。厨房里有个碗橱,和室里有张小矮桌。电视机也没有看见,比起太郎的房间来,显得格外宽敞,联想到阿巳身穿的服装以及讲话的方式,简直迥然有异。拾掇得干净自然毫不意外,木屐箱上还养着紫色的盆花,棉座垫和铺在小矮桌上的桌布是藏青和绛紫色的旧布做的,与她身上的衣服一致。但是,这房间与其说整洁,给太郎的印象反而是少了应有的东西,就像是旅馆的和模特儿的房间,缺少生活的情趣。

太郎慌忙打消了脑袋里那简直就是个空房间的想法。阿巳说,进屋来喝点茶吧。太郎立刻谢绝跑回自己房里,又对自己的态度感到有点儿后悔。

有一次,太郎从公司回家在车站前的便利店巧遇西,一起走到公寓时,谈起阿巳的房间已拾掇停当,西就说自己的房间里东西太多,搬家的日子已经不远,还都未收拾,想去学习学习。

太郎说,她始终是单身吗?西说,阿巳结过一次婚,不过,出嫁的地方是所谓的世家,受到婆婆的虐待,被赶出家门,只能抛下当时只有两岁的儿子。不论是尼尔·杨的事情还是住在那幢房子里的历代居民的事情,她都打听得比太郎清楚。

来到公寓跟前,西说,她想更换吸顶的荧光灯,因为个子矮,勉强才能够到天花板,怎么也无法把旧灯拆下来,请太郎帮个忙。

如西自己所说,她的玄关、厨房与和室里到处一片乱糟糟,哪一面的墙壁和橱柜上都堆满了东西,层层塞满盒子和书籍,其缝隙间还夹杂着纸张和小物件。

"这种时候,会想到有个男人就方便了。此外,还有拧个瓶盖、搬运重物时,唉,那也只有几分钟的时间。"

"最后那句话,还是不讲为好。"

"哟。还是讲了毫无意义的话!"

"我的回答也不理想。"

在与那幢房子相似的天蓝色书橱的上层,一眼就能看到放着一台反光式照相机。太郎并不熟悉,大概是旧货吧。太郎觉得,照相机的上部为银色,呈天蓝色房子三角屋顶的形状,镜头很大,却没有镜盖,镜筒里黑黢黢的,令人联想起酒壶蜂巢的幽暗。照相机放在这儿以后可能再没碰过,周边明显积满了灰尘。

靠近阳台摆放的桌子上,放着大型监视器和白色配电板之类的工具,周边也堆满了漫画、杂志、钢笔和带柄大水杯。

"如今的漫画也那么画的吗?"

"最初是用手,最近用万能笔画的多了,接下去就是丙烯酸颜料。若采用扫描仪,可以描绘得非常精细啊。"

"有出书吗?你的。"

"没有——行了吧。不必那么勉强。"

太郎并非使用社交辞令,只是单纯出于兴趣随便问问的。西到底是客气呢,还是不愿意拿出来给人看,连笔名都没告诉他。

换装电灯顺利结束了。太郎在玄关处穿上鞋,西说,下次会答谢你的。太郎答,别客气了。回到自己房间,只听见冰箱又发出"嘟嘟嘟"的声响。

到了九月末,天气终于凉快起来。太郎的工作状况有所改善是到了十月过半的时候。

一个晴朗的礼拜天的下午,太郎刚打开阳台的窗框,就看到了西的脸,不由一惊。

天蓝色房子的红蜻蜓彩绘玻璃窗向上翘起打开着,西的脑袋从那儿露了出来。就是阶梯平台处的那扇窗户,在《春之庭》那本影集中牛岛太郎安置双镜头反光式照相机的地方。

"唉。"

"唉!"

太郎和西几乎同时出声,但是,西好像表情并不那么惊讶。西的过度惊讶或喜怒哀乐的表情,太郎都没有见到过。

"非法进入可不好吧!"

"不是,我和森尾已成了朋友。"

西是压低嗓门说的,太郎并没有听见。

"西妈妈——"

一个孩子在嚷嚷,是个男孩子吧。

"哎——"西回过头去应答,窗户关上了。

太郎盯着彩绘玻璃的位置看了一阵,他不知道那扇窗是可以开启的。

到了晚上,西按响了太郎房间的门铃。

太郎和西在五月去过的小酒店里再一次面对面而坐。

太郎点了干炸的章鱼和鸡肉。西要了中杯的生啤,边喝边讲述了进入那户人家的经过。那是九月半天气还很闷热的一天。天色暗了下来,每天的日课——对森尾住宅的巡视中经过他家门口时,看到巷子中有个黑影块在蠕动。西边走边寻找,心想莫非是只猫在那儿吧,看到时发现黑影变大,还是两条腿站立着的,站在路中间,紧接着又走了起来。交叉路口有汽车通过,西觉得这样有危险,走近孩子招呼。

"我妈妈呢?"孩子回过头来清楚地问道。一看孩子的脸,发现那是森尾的女儿。西牵住孩子的手,按响了门铃。没有回音,再按一次。"请等一下!"慌张的回音传来,玄关的门打开了,母亲走了出来。

"哦,您的孩子……"

西一开口,母亲立刻叫起来:"优菜!"女孩则大声哭起来。

"不是我带走她的,在路上……"

母亲完全不听西的辩解,一下抱起了孩子。接着,她多次点头鞠躬向西道谢,母女俩一起走进家中。

次日上午十点左右,西从森尾家门前走过,正在二楼阳台上晾晒洗涤物的森尾夫人看见她,便叫住了西。随后来到门口赔礼说,昨夜过于慌张,没有好好道谢,真对不起。西说明自己就住在后面的公寓里,昨夜偶尔路过这儿。森尾的妻子再次道谢,还请她到家里喝茶。

"真的不打扰吗?"西一直盯着她的脸,她比自己还是小多了,一脸和善、毫无戒心的微笑。

"没事,请吧。"

森尾妻子的右手指着屋里,西走进荆棘的象门,上了三级台阶。

鸢尾花纹的彩绘玻璃,靠近看,那厚实的玻璃光反射得异常美丽,从玄关起,把走廊的空气晕染成复杂的色彩。

在可以随意躺卧的宽敞的玄关脱下鞋子,走上洁净无垢的走廊。森尾夫人打开左侧的房门,一瞬间,光彩夺目的晕眩。她被引入的客厅,比想象的宽敞明亮,从南面照入房间的太阳,在地板上形成了反光。

面朝庭院放着一只朴实无华的布制拐角沙发,宛如一张大床。西在那儿坐下,居然感觉不到自己的意志,仿佛在梦境中不会动弹了一样。当自己的身体沉下沙发,又好像身体浮起来了一般。近在眼前的椭圆形茶几的正中,放着一盆白色的鲜花。

焙茶和据说是夫人手工制作的燕麦曲奇饼放在桌上时,森尾妻子说自己叫实和子,长子叫春辉,长女叫优菜。五岁的长子哮喘连续发作,这几天没有睡好,昨天在儿子床头打了瞌睡,其间三岁的女儿跑了出去。也不知何时起,她已经够得着玄关处的门锁。实和子一副担忧和惊讶的神情。她的肤色白皙,虽不肥胖,却是圆圆的体型,讲话的样子质朴,西觉得她是个令周边人感到放心的人。西应邀进她家时,优菜去幼儿园了,春辉一直在二楼休息。西说,小时候自己的哮喘也很厉害,每逢季节变化之时就容易发作。实和子睁大眼睛,探出上半身说,自己小时候身体很好,连感冒都没有,因为身边没有人哮喘,总担忧不知如何处置,也不了解发病时有多么痛苦。"这么小的孩子……"她说着,眼眶里噙满泪水。西附和着实和子的话语,讲一些可供她参考的自己的症状和经历。她还说,孩提时代的哮喘,长大后大多会治愈,自己进中学后就不再发作。实和子用力地点头说道,母亲一定要坚强,痛苦的是春辉呀。

"妈妈!"

儿子从二楼走了下来。他身穿睡衣,白天比较神气。在实和子的催促下,他点头招呼:"您好!"

对了几句话,西因为没有接触孩子的经验,有点儿尴尬。她拿起手边乱涂字画的本子,画了些动物和漫画的人物图案,春辉看了大喜。西说明自己是漫画家,实和子眼睛发亮,说,太厉害了,我羡慕有才华的人。实和子是北海道出生的人,在札幌短期大学读书时到饭店的餐厅去打工,与前来出差的森尾结识,毕业后马上结婚,来到东京生活。在这一带没有朋友,又经常窝在家里不出门。她对西说,可以的话,请再来串门。

西觉得实和子是个无忧无虑的立刻能交上朋友类型的人,在孩子所上的私立幼儿园里,她遇到的其他孩子的母亲不少人热心教育,朋友意识强,消息灵通,她说自己有点畏缩不前。实和子说的消息灵通,让西不由得笑了起来,实和子说,我说得奇怪吗?她腼腆地笑了。

她的丈夫对这幢房子十分满意,所以才搬了过来,他刚担任新事业的工作,忙得连周六也经常上班,在这附近并没有他的同代人。实和子把藏在心里的话都倒了出来。

西一边参观着各个房间,一边说道:是嘛,那真是够呛。这一带完全是个老龄化社会啊。

室内都铺有木制的地板,雪白的墙壁。与《春之庭》的写真集不同,倒是与租赁信息报上的照片相同。

二十年前的这间房是个和室,古旧的家具,还放有一个和式的橱柜,如今,平板上放着五十英寸的电视机,镶有大象的栏杆还在,廊边的藤椅子不见了,放置了两只绿色圆形的单人沙发。对面的庭院覆盖着有点儿褪色的草地,围墙的左边是百日红,中间是海棠,右边是梅树。二十年前醒目的松树和石灯笼不见了。

白色的墙上挂着孩子们装在白色画框中的图画,用红色彩蜡笔画的线条,看上去像是鱼和花朵。下面的装饰橱里,并排放着森尾夫妇结婚典礼和孩子更小时候的照片。西想起了马村绘子的插图,那儿也有放置的照片,没错,记得那是金鱼的照片。

注意到西的视线,实和子浮现出为难的笑容说道:我知道这是奢侈的烦恼,这个房子光自己与孩子居住实在是太大太好了,我感到不安。我打算到更能够感知自然和季节的地方去生活。她接着又说,搬到这儿来之前,她们住在目黑的公寓里,东京建筑物的密集与绿色的稀少尚未习惯,有个小小的庭院是这幢房子最令人喜爱的地方。如此宽敞的庭院她居然说是"小小的",这使西内心感到惊讶,连忙说,很好的一个庭院啊!小鸟来到庭院的树上,在高低树枝间忙着飞上飞下。实和子又说,刚来到东京那一阵,一有空余时间就做点心,再有余裕,就想在箱形花盆里种植蔬菜。她看了看墙上的时钟慌忙站起来说,对不起,把您拖久了。

西每天都想去森尾家,可是为了不让对方觉得自己厚颜,她研究了造访的频率及合适的时间段,决定每周一两次,要么在中午,要么在傍晚幼儿园的巴士将孩子送回家后的两个小时之内。

与孩子们玩耍,在这幢房子里哪儿都可以去。与门扉一样,模仿荆棘的阶梯扶手依然如故,她了解到楼梯平台处的彩绘玻璃窗是可以开启的。窗户竖开的房间是铺有地板的孩子房间,朝着二楼阳台的房间与二十年前完全一样,是一间和室,也放着大型的活动靠背沙发椅。

室内的陈设比预想更多地保留着过去的部分,不过,处处已经成了"森尾之家",虽然还是写真集里的家,却已是森尾的家了。这两个家互相重合,又彼此不合的感觉,会导致心情的不快或者有趣,西还未加梳理,就开始寻找马村绘子在插画中描写的细部,要在与照片上相同的空间里放松。至少,在客厅里的沙发上越过走廊眺望庭院之时,西的心情是满足的。倾斜的光线一直照射到自己所坐的地方,除了鸟鸣之外几乎听不到其他的声音,走廊的地板上已经出现一块块磨损的白斑,业已流逝的数十年时光与下午慢慢逝去的时间正相重合。

森尾家的先生的确经常不在家中,过了一个月才在他下班回家时遇上打了个招呼。他双臂垂直,低下头说:谢谢您陪我内人交谈。他与西是同年生的。

上一周,西与实和子带上未去幼儿园在家休息的春辉,三人去了附近的公园。春辉有点儿放心不下,不去幼儿园却外出游玩,西对他说:你是夜间痛苦,白天精神啊。春辉这才笑着点了点头。

附近的小公园面积不大,有挡网围起来的篮球场大小的运动场地,西与春辉慢慢做橡皮球的接投球练习,春辉打球素质好,两人之间的距离渐渐拉开后,仍能将球笔直地投向西。球技很差的实和子,不论是西还是春辉投球,她都会发出赞叹之声。

西在四岁至十岁期间,接受过父亲对她的严厉的棒球特训,在居民区的内的公园里,从每天早晨六点起和父亲工厂下班后的傍晚五点半开始,都要进行投球和守备的训练。父亲希望患有哮喘的女儿能够增强体力,铆足劲头使女儿在今后自由活跃的时代不同于一般人。由于家境贫寒,父亲小时候无法参加体育部活动,现在他要把它争取回来。他对女儿讲述了自己爱读的水岛新司漫画中日本最早的专业女子棒球选手的诞生的梦想。西观赏了再次播放的动漫故事,想让自己将来成为那位叫作"勇气"的主人公一样的人物。她相信自己能像"勇气"一样战斗并取得胜利,除了哮喘大发作的时候,每天不间断地练习。因为父亲没有打棒球的经验,她读了好几本有名的选手和教练写的书籍,思考了自己的练习方案。

上小学之后,每个周六她会到父亲工作的工厂附近的击球中心去练习,当时比她小一岁的弟弟与她同行。父亲说,男孩当棒球选手的人多,又比较调皮捣蛋,应该自己选择喜欢的道路成长。弟弟看了成龙的电影后,练起了空手道,几个月后就终止了。在西上小学四年级的那年暑假,父亲觉得自己的女儿没有成为棒球选手的身体条件,失望之余放弃了将她培养成选手的愿望。父亲说,玩乐是浪费时间,下课后及周末她一直拒绝别人的邀请,渐渐地同学们没人再来请她了。独自一人留在教室里,休息时间和下课后的闲暇,西阅读了年级文库摆放的手冢治虫的《火鸟》,在练习本的角落及广告单的背面画画打发时间。所以,她现在才能从事自己喜欢的工作,这主要因为她有过坚持练习棒球的经历,所以觉得自己还是幸运的。五年级时,有一位转校而来的女生成了她的同桌,西与并不知晓以往经历的她说上了话,通过那个孩子,她总算进入了与别的孩子交往的圈子。

与森尾家孩子的玩耍中,练习棒球产生了效果,那是自己就职以后,在职场饮酒会后与十五人一起去投球中心玩三空棒①,她的击球飞过七枚护墙板而获得第一名,惊到了所有同人。练习棒球之后得到人们赞扬那还是第一次。当时自己也很迷醉,想把自己的喜悦告诉父亲,然而,双亲在她升入高中之前就离婚了,与父亲已经处在音信不通的状况,她不知道如今父亲在哪儿,在干些什么。

春辉得到西的夸赞十分高兴,眼睛发亮,说是要当个棒球选手。过两天又说要加入扬基队或突击队。西听了深深地感受到,与自己的孩提时代相比,相当多的时光现在真的已经过去了。

女儿优菜到了可以记忆许多新词的时期,多次跑来向西提问。西过去并不擅长接触孩子,可是,优菜的不可思议的唐突的发言却使她感到快乐。西还说,最近实和子也变得明朗

---

① 三空棒指棒球比赛中的规定,击球三次不中就出局。

了,她的丈夫也放心了。

"是真的吗?"太郎朝要来的第二份炸鸡上挤下柠檬汁,问道,"你不是随意撒个谎才混进去的吧?"

"不是。连我自己也没想到能得到这样的机会。森尾太太真是个大好人,给人的印象是不会怀疑别人。我想,对方会对把那么来路不明的人请进家门产生不安吧,可是,还是他们那种人家周边的氛围很好,应该属于幸福家庭的缘故吧。杂志上刊登的那种出色的家庭及其成员,实际上还是存在的吧!真令人惊讶,是真的。"

西喝下的生啤已经是第六杯了。

"你对我毫不隐瞒吗?"

"在自己的希望达到之前对谁也不说。对录用我的大学也保密,我画漫画的事情也没有对任何朋友说过。"

西又要了第七杯啤酒。

"这不很好嘛,愿望得以实现。"

"不过,浴室里始终没法进去。宽敞的洗脸间在浴室里面,在走廊里看不到。还有那浴室里贴着的黄绿色的瓷砖,真遗憾!可以的话,想进去拍拍照片,与影集的最后一页照片的角度一致。"

看着边说边咬住沙丁脂眼鲱鱼干的西的侧脸,太郎不免有点儿担心。看来她是钻了森尾太太的空子随意混进了森尾家。或许说的是谎话,什么自己浴室坏了所以想借用一下什么的。

"你对森尾太太说了房子写真集的事吗?"

"那,可没说。"

"哎,你没吭声啊。"

"可是说了的话,人家觉得自己的家老是在被人观察,不会觉得恐怖吗?"

"你只讲写真集不就得了。"

"啊,那倒也是。"

西歪着头笑,她那故意作态的模样,令太郎有点儿着急。到底还是假装要好,在利用森尾太太呀。

"这下你该满意了吧。家里也进去了,庭院也可能见了。"

"是啊。不过,那幢房子何时会消失还不知道呀!在建造五十周年时?现在整个经济十分景气,到处都在大兴土木,轨道线路旁的拆迁工程在进行,新的公寓也在建。"

太郎总算意识到:说得对呀!附近急剧增加的新建、改建和装修工程,新闻广播节目中不是报道说,那是金融政策导致的经济成效之一,抑或是增税之前的突然需求嘛。在自己的营业所,这类话题也并非没有听到过,可是,以往他认为那是于己无关的。走向车站的一路上,比比皆是的工地映入眼帘,道路对面的公寓,已经比"景观宫殿佐伯Ⅲ"还要先期开工拆除了。

西一口气喝下了一半端上来的第七杯生啤,说道:

"东京在不停地造新房,开新店,只要遇上人就会听说,那楼造得有意思,这楼又造好了。什么都是快字。不对,好就是快,不好就是慢!"

"说起来东京也是情况各不相同的。我到东京后最初住的地方很有平民商业区的感觉,有很多居民区和工厂。"

"是啊。我想,不过这一带有将其他街区遗忘,或者说将除此以外的地方遗忘的可能,这儿是一个只顾自己居住的街区。"

"我是相当喜欢这个地方的。"

"你是在什么方面,怎么喜欢?"

西把双臂合抱胸前,双肘搁在桌子上,从正面看着太郎。

"这里有各种各样的东西呀,譬如说木头上的仿猫腿制成的桌腿。"

"那是东京才有的吗?"

"我是到这儿才看到的。"

"这不正好说明你不大了解其他地方吗?"

"哎,那倒也是……"

"我无意评说他人的事,请别放在心上。"

"嗯。"

店里已经没有其他的用餐者,工作人员看着他们俩,像是要做打烊的准备了。星期天好像会早一点关门。

"哪怕一天也行,真想在那幢房子里自由自在地过上一天。"

西叹息地说着,喝完了杯中的扎啤。

出了店门,西说是要去千叶的母亲家,朝车站走去。

之后,西不时会把实和子手工制作的曲奇饼、奶油蛋糕或脆皮松饼送给太郎,他道谢收下以后,全数拿到单位去分给那些喜爱甜食的同事了。高中时代,太郎吃了姐姐做的半烤熟奶酪蛋糕后食物中毒,痛苦了好几天,打那以后他对非店家生产的手工制作点心十分抗拒。同事们则十分高兴,纷纷说道:制作者的手法相当老练;每天能吃到如此奢侈美味的孩子真够幸福;在点心当中我最喜欢品尝的就是薄烤饼……还把标注了必去的十家东京薄烤饼店方位用地图指给太郎看。

十月末的一个星期天,太郎躺在榻榻米上,用智能手机看新闻报道,目光停留在一则有关未爆的炸弹报道上。

东京都品川区南品川的居民区二十七日上午,大约有一千五百名居民被要求临时避难,陆上自卫队将对旧日本军遗留的未爆炸弹进行爆破处理。现场位于JR大井町站北面大约五百米居民区的工地,半径一百三十米为警戒区域,严禁任何人进入。不影响交通。陆上自卫队东部方向的后勤支援部队的未爆弹处理队用土沙袋筑起了防护墙,上午十一时过后实施了远距离操纵爆破。下午一时半解除了避难指示。据区里报道,那颗未爆弹直径为十五厘米,长度为五十五厘米。

可以想象,这一发一直埋藏着经历了几十年的炸弹所具有的威力,还非得动用如此大规模的警戒力量来处置,这一生锈的铁块,与其说令人恐惧,毋宁说令人觉得它是因单纯的错误引起的一种奇异的现象。

这一发未爆弹与父亲和阿巳同龄吧,它在父亲们出生的时候就被制造出来,在土地之下一动不动地度过了人类经历一生之久的漫长的时光。

上周一是父亲的忌辰。太郎已经忘却,过了好几天后才发觉,觉得应该为他供上点啤酒之类的东西。于是取出研钵和碾杵,放在电视机前。还得放些花装饰一下吧,要点上线香。可是,屋里什么也没有。自打三年前太郎住进这屋子后,这仪式一次也没有做过。

至今,太郎还是觉得父亲只是出门去了,他觉得就好像是在梦中忘记了自己的设定一样。即使如此,父亲不在家的时间也实在太长了,这种想法难道不正使自己不认为父亲已经去世了吗?自己很少回大阪也一样。

大户人家的枫树上出现了红叶,叶子又开始掉落了。爬山虎也变红了,好似内侧装有光源一样,红得艳丽。

太郎依旧很随性地在通往车站的三条路中选了一条步行而去。施工现场越来越多了,他遇到了一个被拆毁了工地,木造房子的残骸,被装上了卡车。

每日步行的地面之下,有暗渠的河流在流淌,也许还敷设着水管和煤气管道,可能还有未爆弹。这儿情况如何并不清楚,在往靠近新宿的方向走,就曾遭受过空袭的危害,这是他在当美容师那一阵,从年长顾客那儿听说的。倘若真有未爆弹,那么当时燃烧的房子和家具应该还埋在废墟之中。再往前追溯,这一带好像是杂木林和农田,每一年的落叶、树果和林间的小动物们随着时间层层叠叠,从地表一点点沉入深深的地下。

太郎现在正在上面行走着。

在夜风变冷的晚上,太郎直接从客户处回家,总会从以往不同的站点下车步行,会看到步履蹒跚地穿越世田谷铁路线的动物。盯着那肥肥的、笨拙的猫看了一阵,才发现那是貉子。圆润的身体下露出细细的脚,它不停地跑向铁道对面的树丛里,看不见了。之后,太郎又在栅栏边站了许久,一次次地回想起刚才看到的不熟悉的动物形状,努力留下正确的记忆。

十二月中旬,"申"室的男女搬家了,直到最后时刻,太郎也没能跟他俩说上一句话。

"景观宫殿佐伯Ⅲ"还剩下三家,一下子走了两个不时大声吵嚷的居民,这儿真的冷清起来,整个公寓倾向于成为一座"空房子"。

太郎在"亥"室过了年。

从大年夜到新年的第二天,公寓里除了太郎之外再无他人,他整天开着电视机打发日子。

到第三天快要结束的时候,太郎发现隔壁那家混凝土建成的保险箱房子跟前的门牌不见了。原本那就是一座里面压根儿没有动静的房子,除了门牌之外丝毫没有变化。在公寓前碰到了西,一问才知道早在一个月前就没有人住了。但是,西并没有目击到他们家搬迁。再回到阳台上去看他家的绿化,已经枯萎得变成了茶色。这时候,太郎才知道,直到前一阵子,那个房子里是有人住着的。

公寓前的野茉莉树的叶子全都落光了,可是,只有猫爪扁蚜虽然枯萎得发黑,却依然紧紧地附着着,蚜虫已经早早地筑好了巢穴,说明那是个没人居住的房子。"亥"室的金属窗挡上的米螺蠃酒壶依然留存在那儿。太郎时常会确认那个小型的酒壶,没发现过飞来的蜜蜂。猫爪扁蚜也好,米螺蠃酒壶也罢,都成了只用一次的东西了,因此,它就成了不会有二次入住者的空房子。"景观宫殿佐伯Ⅲ"也不会再有新的居民入住了,"混凝土保险箱"房倒也许还会有人再住。

太郎再一次在智能手机上对以前查过又中止的虫瘿的解说进行检索,蚜虫照片引起的恶心丝毫未变,因此他尽量不看图片只看文字,文字记述是:造成虫瘿的蚜虫,出没于橄榄树和稻科植物,进而反复进行单性生殖和有性生殖,所以,它们只能生存在橄榄树和稻科草类都存在的地方。

在高中读书的一段时间,太郎觉得生物的进化与意志有关,某种程度上反映了生物认为这样做才好的愿望,而生物学和进化论并不认为那种想法是正确的。如今,每当太郎自己了解了生物的奇妙生态时,虽然不甚其解,但觉得其结构一旦形成便会固定下来,并且会永远持续下去的。

他一边觉得为什么要搞得如此麻烦呢?吃点其他种类的叶子和果实不也可以吗?另一方面又知道,它们的结构一旦形成只能做这样的反复。要是无法做这样的反复,至少,现在呈现的形状也就不存在了。

酒壶蜂显得更加单纯些,不过,它们的一只卵要制作一个"酒壶"不也挺麻烦吗?与集团一起生活的大蜂巢相比,是否它们的生存率显得更高？生物不是总选择最佳的方法生存的吗？

太郎是不可能对此做出答复的,总觉得比起在那个猫爪扁蚜袋子里密密麻麻挤挤挨挨共同生活的弟兄们来,能够一人独占这个小小的"酒壶"岂不更好！

连休开始的周六,宅急便的快递卡车给太郎送来两盒泡沫塑料包装的货物。寄件人是移居俱知安的沼津。前一天晚上,久违的沼津发来电邮,说他好不容易习惯了新居住地及新工作,要寄送钏路的名产海鲜,请收下。还说道谢晚了,你送的乔迁贺礼鸽子时钟是妻子一度看中没买到的,之后一直在寻找,真是太感谢了。这里比想象的还要严寒,但地方还不错。还附加了一幅拿着鸽子时钟的他妻子的画像。沼津妻子的脸长得像他,看到送货单上少有的她手签的名字,觉得沼津已经早已习惯了新生活。

泡沫塑料盒子里装的是毛蟹,有三只。另一盒装了多线鱼干和瓶装的咸鲑鱼子。太郎后悔:应该告诉他自己不喜欢吃鱼干才对。不过,那样的话,他也许又会装了其他东西寄来的。或者多给些咸鲑鱼子,墨鱼或鱼糕之类的东西也行。总之,他给的量大,是吃不完的。沼津知道太郎一人独居,用量来表示他的感谢。太郎不会做料理毛蟹,所以就叩响了二楼"巳"室的房门。没有人回音。室内不见灯光,看来家中没人。这样想来已有一段时间没有看到阿巳,她总不至于一声不吭就搬走了吧,可是,也许已经开始在做搬到哪儿的准备工作了。太郎又敲响了隔壁"辰"室的房门,原本那鸽子时钟就是西赠送的,这礼物应该属于西。西立刻出来开门,她身穿带风帽的毛衣,外面披着绿色的方格花纹的和式棉袍,还戴了顶厚厚的编织帽,却光着脚。

太郎告知赠送海鲜之事,西的眼睛发亮,说这样的话,就给森尾夫人送去吧。

太郎先一度回房,凝视着迄今为止没有品尝过的毛蟹壳上的棘刺和眼睛,再把它翻过身来,蟹的眼睛好像蹦出来似的又黑又圆,不禁令人害怕。就在这时,西来了。她换下了毛衣,穿了件青色的无领开襟毛衣和一条灰色的厚厚布料制作的长裤,显得漂亮而又整洁。她向太郎报告说,森尾太太尚未准备今晚的晚餐,正好。若有咸鲑鱼子,还可以准备手工做的寿司,请你一定一起去吃晚饭。

太郎蹲在放在厨房里的泡沫塑料箱子的旁边,西则对毛蟹点点戳戳。

"我已经没有时间了。"

西用电视剧里的腔调唐突地说着,站起来看着太郎。

"下个月,我就要搬家了。"

西说,独居在千叶县北部新兴小镇的西的母亲,四年前患上了乳癌,手术切除后一直没有复发,可是半年前身体状况不行,提出想与西一起生活。之前每隔一周或两周就去帮忙,但是路途太远。弟弟在名古屋刚刚生了对双胞胎,无法抽身。西在网上的连载定下的只有一项,已经完成了大部分,故工作上并无障碍。住的依旧是令人怀恋的住宅楼,树枝生长得十分漂亮的榉树围绕的七楼的景观也相当不错。

"所以我有事求你,能说吗?"

太郎想起,她以前也说过类似的话语,所以并未首肯。

"跟我去森尾家,在吃蟹的宴席上,见机帮我把放在桌子边上的啤酒杯打翻,如何?"

西还用双手做着手势。

"你把酒杯放好,我把杯子翻倒……"

"那样的话,我的衣服就会打湿,那时我就可以提出借用一下她家的浴室。"

"浴室?"

太郎重复着她说的单词,西对自己的主意相当满意,快乐地接着说。

"他们会拿出不稳定的细长的酒杯。"

"哦,是嘛。"

太郎暧昧地听着,努力回应。他想,本来这事可由西一个人完成的,可是,想窥视那幢房子的好奇心,太郎也有。而且,与其说是想确认写真集上的房子,毋宁说是想瞧瞧西如此执着地探视的房子究竟是个什么模样。

下午五点,太郎和西各抱着一盒海鲜来到森尾家。按响门旁的门铃,听到玄关里面传来呱嗒呱嗒的脚步声。

"你们好!"门一下子被打开,男孩和女孩都跑了出来,森尾实和子在后面,她向太郎说道:初次见面,谢谢您!我家的孩子特喜欢吃蟹;还说了是从西那儿听说的。

两个孩子从左右两边握住了西的手,果不其然,她和孩子们已经混熟了。

他们被带领着走过的底楼的起居室十分宽敞,照明的灯光将屋子的每个角落都照得通亮。太郎觉得自己见到的与《春之庭》写真集的照片印象大不相同,说起来,那个写真集中夜间拍的照片一张也没有。

"其实,我也想见西小姐,有必须要转告的事情。"

森尾实和子将茶水端来放在茶几上说道。

"我们决定要搬到福冈去住了,好不容易刚在东京有了朋友,真是遗憾呀。"

实和子语调平静地说:森尾的老家在福冈经营化学素材的公司,丈夫在关连的公司工作,基本决定将成为公司的继承人。公公的身体状况不行了,所以计划提前。虽然仍会与丈夫家同居,可是,因小叔子夫妇现在海外赴任,为他们改建好的两户住房立马可以使用,那地方距福冈市闹市中心很近,又靠近海边,觉得对春辉的身体亦大有好处。

太郎看着对"好不容易刚在东京有了朋友"的西什么也没告诉,只是平淡地倾诉着的实和子,感到不安,于是观察着就坐在身边的西的侧脸,可是,她的表情几乎没有变化,不时与拿着玩具的优菜搭腔说话。

"是叔叔呀!好宽敞啊。这么大的布熊玩偶呀!和动物园了的阿熊一模一样嘛!"

张开双手拼命说话的春辉额前的头发快长到眼睛里去了,太郎有点儿担心。

"头发,长得很长了。"

"就是嘛。这一阵比较忙乱。本来我可以给他剪的,可是上次失败过一回,之后这孩子就自以为是地不让我剪了。"

"可这样人家要笑话的。"

"可以的话,我帮你剪吧。过去,我当过美容师。"

说完,太郎对自己使用"过去"一词感到好笑,不过只是三四年前的事。但是,对自己而言,一定是遥远的过去了。

让春辉坐在走廊边的沙发上,盖好报纸和垃圾袋,太郎用实和子处借来的剪子开始为春辉剪发。很久没用剪子了,又是家庭用的便宜货,与当时的工作用锋利的刀具相比,完全是另一种不同的感触。他觉得自己的耳朵深处听到了一种令人怀恋的剪子发出的声音。他有两把理发剪始终存放在壁橱里,太郎并没有决定再也不干美容师的工作,或者未来的某个时间再一次重操旧业,他在回避做出这样的决策。

透过玻璃窗户,从房间里可以确认明媚阳光照射下的庭院,因为玻璃映照室内的重合,看得并不十分清楚,但可以明了,那是与《春之庭》拍摄的相同的庭院。

他把视线投向挺远的右侧,梅树的跟前。因为阴暗看不大清楚,好像什么东西也没有放置,那一带就是牛岛太郎挖掘的地方,他是在那儿种植了什么,还是埋下了什么?

正要给春辉剪掉前额的头发,太郎发现春辉总是把手指塞入嘴里。

"你怎么啦?"

"敬吾君和优绮的牙齿全掉了。"

春辉用小小的食指在触摸下面的门牙。实和子经过出房间的吧台说:"他要好的小朋友都在换牙,他很介意,不愿意自己落在最后。"

春辉朝太郎张大嘴巴,清白的小牙齿排列得十分整齐。

"不快点拔掉,牙齿会从别处长出来,比方说手上。"

太郎这么一说,春辉露出害怕的表情,他马上道歉,说自己是瞎说的。

太郎想起高中生时代,自己深信恒齿也会像乳齿那样简单地脱落,不知哪个亲戚说过,拔出智齿是很要命的事,他问为什么要命,还引起别人的讪笑。或许是太郎的骨骼很结实的缘故,他的智齿都长得笔直,一颗也没有被拔掉过。没有什么人说他脸长得像父亲,但是骨头的坚硬倒十分相像。

剪发很快就完成了,太郎与兄妹俩一起玩了一阵。由于以前和妻子的外甥和侄子一起玩耍过,因此比西更习惯于驾驭孩子。听到两个孩子叫着电视剧和动漫里人物的名字,太郎觉得自己觉得这个家庭特殊的想法是多虑了。

实和子和西两人一起操作,毛蟹煮熟了。实和子的双亲出生在鄂霍次克海沿岸,处理毛蟹得心应手,她一边说明,一边敏捷地折断煮熟的蟹腿,表情十分生动,与刚才判若两人。

听西说起,实和子说过家里太大觉得心中不安的话,太郎猜疑,那莫非是一种挖苦的话语。可是,现在看到实和子咬住毛蟹的样子,不禁有点儿吃惊,看来那是真心话。人人羡艳的生活,自己反倒不一定习惯。于是太郎认为,要是谁得到在这幢房子里生活的机会,接受时或许会有两种回答。

沼津是不是已经对这毛蟹有了亲近感?对白雪堆积,空气严寒的森林墓地是否也不知不觉中感到了亲切?比起自己故乡的街镇,太郎老早就习惯了这个城市的风景。太郎的眼前浮现出沼津和妻子一起戴着绒线帽快乐地滑雪的情景。

绿色的围毯上放置着大茶几矮桌,大家围坐着品尝毛蟹,还配有咸鲑鱼子、金枪鱼、鲑鱼手工制作的寿司,三个大人喝了啤酒。实和子已经很久没喝酒了,她一再问西,自己的脸是不是很红了?孩子们吃了实和子娘家送来的牛奶冰激凌,相当满意,有客人在他们显得兴奋,在客厅里来回奔跑追逐起来。

春辉和优菜大声地笑着,跑了一圈又一圈。实和子站起来训斥孩子们,可孩子们完全听不进,跑得越加疯起来。他们朝着同一个方向像旋涡一样旋转,两人只顾追逐,"等一下!""你抓不住的!"他们变化着角色,一圈又一圈地停不下来。

为什么孩子们不会厌倦?太郎觉得有点害怕,产生了一种错觉,好像具有印度风格的有着栏杆的二十五铺席的房间自身也旋转起来。他意识到西正凝视着自己,对了,自己应该去打翻她的啤酒杯。想到这儿,他看到春辉的身体飘浮起来,"啊"地失声叫起来。

紧接着,春辉倒向西的背脊,因为冲击力很大,西的头部撞向桌子。不光是啤酒杯,其他玻璃杯和盘子也都被从桌上撞倒在地,响起了好几个器皿被打碎的声响。骑在西背上的春辉大惊失色,"哇"地叫着跳了下来。伏在桌上的西的身后,优菜愣愣地呆立着。

"呀!"大声叫嚷起来的是实和子,看到她的脸,太郎理解了西为什么要说她是个诚实的孩子。

西缓缓地撑起了身子,左腕上扎进了玻璃碎片,因为袖子是挽起的,从肘部到手腕处有好几处渗出了鲜血,脸上也有出血。

"哎——"跑过来的实和子看着西的脸,叫得更响了。听到这样的叫声,春辉和优菜哭了起来。

"没关系。"

西用没有被玻璃刺伤的右手擦去了左脸颊上的鲜血,血像毛笔蘸着颜料画过一样延伸到耳边。

"我借您的浴室用一下吧。"

实和子并未理解西所说的含义,反射性地说:"哎?"

"能借一下浴室吗?清洗一下伤口。"

"好的。"实和子被西的气势压倒,不过,她在浴室门口又站停了。

"还是去医院吧?"

"先到浴室吧。反正先到浴室把伤口洗一下。"

太郎冷不防地插嘴说。实和子一两秒间毫无表情,随后才清醒过来说:"啊,对呀。我去拿件替换衣服来。"

太郎阻止她。"您得先去收拾一下,孩子们会有危险的。西有我照应。"

面对为了达到目的竟然受伤了这种人,太郎觉得自己不能无所作为。自己产生为了他人想做点什么的心情,这还是多少年以前的事啊？自己必须对她有所帮助！他感到了一种职责。太郎慢慢地站起来,犹如怀抱着她来到走廊上,打开右前方盥洗室的房门。西曾经让他看过房间的布局,他对房子内部的情况还是有所把握的。

金属滚筒式洗衣机与《春之庭》的写真集里不同,他们走过并排两只洗面盆的盥洗台,打开了里面有花纹的玻璃门,打开照明灯开关,黄绿色的空间一下子浮现在眼前。西看了看整个浴室,的确是由绿到黄绿的色调将浴室笼罩,墙壁、浴缸边缘的色彩描绘的曲线重合,连空气都被淡淡的绿色晕染了。

与《春之庭》中的照片不同,夜里没有来自窗口的光线。就是白天,因二十年之前没有的混凝土墙壁的关系,也不会有光照射进来。现在有点灯光照射的瓷砖,比起一直欣赏的照片,呈现的是迟钝而有平板单调的绿色。太郎有点儿失望,那儿只不过是人家的一间浴室而已。里面有着孩子们玩耍的塑料球,印有人物画像的洗面盆,还有简单容器里装着的可替换的洗头膏之类。

二〇一四年的一个年轻、富裕家庭生活的住房、浴室。

西好像忘记了被玻璃碎片刺伤的手臂,坐在浴缸边,端详着这个小小的空间。她的嘴唇微微张开,眼镜里面的双眸发出梦幻般的微弱的光芒。脸颊伤口上留下的血痕,已经干涸变成了红黑色。太郎发现她的嘴角泛起淡淡的笑容,他想起西说过的"运气好"的话语。

遗憾的是,西居然忘记用装在口袋里的小型照相机拍下绿色浴室的照片,只是用肉眼观察留下的印象而已。

叫来了出租汽车,太郎陪着西去医院做夜间诊疗。他们等了一阵,西没有叫过一声痛,反倒是处在一种轻微的兴奋之中,语速很快地谈论起浴室的瓷砖来。

"那种颜色是使用什么材料才能做成的呢?是用水彩丙烯吗?说不定是用加工画像的手法做的,你怎么看?"

"我没有画过画。"

"不过嘛,作为专业的无名小辈,我觉得那不是每一块砖都去描画,而是作为整体的颜色而表现。对了,也可以用颜色铅笔反复涂抹。"

"……和照片一致吧。"

西没有做任何的回答,之后就绝口不提写真集和浴室的事了。

救护车的警笛声响起,躺在担架上的患者被抬了进来。在挂号处,一个老爷子重复着同样的话语。

西手臂上的伤口很深,三个地方共缝合了十一针。幸好有眼镜遮挡,脸上的伤口较浅。颧骨上有割伤,但不必缝针。

西和太郎在等待结算,实和子和丈夫出现了。太郎第一次看到实和子的丈夫洋辅,他高大,五官端正,礼仪规矩。森尾洋辅一个劲地向西赔礼道歉,并全额支付了治疗费用。之后,用他的深蓝色德国进口车将他们送回了公寓。西和太郎都对汽车的舒适感到钦佩,第二天,森尾全家一起到太郎住处来,客气地道谢并致歉。春辉响亮地说道,"对不起!"但始终低着头,太郎蹲着抚摸着春辉的脑袋。

一周以后,西邀请太郎去看森尾家赠送的家具和家电,她脸上的伤基本痊愈了,手臂上的伤口据说再过三天就能拆线。到了森尾家,实和子拿出刚烤好的薄饼招待,上面加了许多槭糖浆。太郎对手工制作的点心敬而远之,不过,眼前递上的点心不能不吃,把自己当作喜吃甜食的同事吃了起来。他在心中反复念叨着同事对实和子点心的赞词,将薄饼全部吃完了。

实和子说明,福冈的住处有家具,所以无论是运过去还是丢弃都够呛,所以你们能够拿去用倒是很感激。太郎问道:"不要钱吧?"实和子笑道:"真是个爽快人。"

西要了走廊边两只绿色的单人沙发中的一个,外加蒸汽式的烤箱和家庭面包点心机。

太郎要了另一只绿色单人沙发,放置在客厅正中的转角沙发和垫脚凳,还有二楼的斜椅沙发和巨大的靠垫式沙发以及大型冰箱。

十多年以前还在大阪生活的时候,他去过一家咖啡店,里面放着设计史上有名的沙发,不过那只是几种复制品而已,打那以后,太郎一直想在一个只有沙发的房间里过日子,这一下愿望终于实现了。

过了几天,森尾洋辅和他的部下帮忙,把沙发搬了进来。沙发塞满了太郎的房间,几乎没了一点儿空隙。太郎只要在屋里,就几乎在沙发上度过所有的时间。在卧榻上只要放上一块板就可当桌子使用,轮流在拐角沙发和斜倚沙发上睡觉。在沙发椅面和靠背间蜷缩着身子,用棉被裹住身体,滋生出一种动物蜷缩在巢中的感觉。

太郎想到:粘在窗框的小酒壶里的幼虫,或许也和自己是同样的心情。

家具的事也问过阿巳,她坚决推辞,说自己已到了要处置物品的年纪,什么也不要。太郎预感到她的回答,她的房间里已经没有任何需要的家具。喜爱甜食的同事给的美术展的招待券送给她,阿巳倒很高兴。看来她还没有在寻找搬家的地点。

西是在星期二搬家的,那时太郎正在工作,等到他夜里回家,"辰"室已成空房。房门紧闭的房间乍一看与前一天毫无区别,可是,那黑洞洞的窗户与有人居住房间的黑暗是不同的。那里面是什么也没有的空洞的黑暗。

夜深后,西给太郎发来了短信。"托你的福,总算看到了浴室。谢谢!'景观宫殿佐伯Ⅲ'是一家好公寓,居住期间请慢慢享受。大户人家的那个庭院你马上就会看到鲜花和新绿了。羡慕你。"还附着可以看到西所画的漫画网页的邮址。

西与森尾家搬走的同时,大户人家佐伯家的长子回来了。他跑到太郎处来打招呼,称恳请你们一定要搬迁。他那张圆脸和一米八以上的高个子颇不协调,他说,已经退休了,这块土地的今后需要洽谈,家里的东西也要一点一点设法处理,所以要回来住上一阵。上一代的户主现住在区内的护理设施中,身体健康。他们家要卖掉这里的房子和公寓的土地,之后再建新的公寓。他递过来的名片上写着"佐伯寅彦"。

"你兄弟的名字中搞不好会有牛或兔字吧?"

"我是个独子。"

寅彦奇妙地用一种干脆的语调回答。

"因为是独子,没有可依靠的亲戚,所以必须在有生之年处理好这个家的问题。之后就没有人了,要做好力所能及的事,不是常言道:飞走的鸟儿不留痕迹嘛。"

太郎的脑海中冒出"好狡猾呀"的叫声,当然他不会说出口,这究竟是何意? 一瞬间,他连自己都搞不明白。

"很早以前,大概在二十年之前吧,住在后边房子里的牛岛和马村,你认识吗?"

"啊,那两个与众不同者。自从他们出了那本写真集后,来看房的年轻人络绎不绝,不过都是只住一两年的。我母亲好出风头爱管闲事,偶尔会叫住客来吃饭。有一次据说还来借鸟笼子。"

"连鸟一起?"

"过去养的虎皮鹦鹉死了,要把鸟笼装饰花朵来使用。"

"那鸟笼现在没有了吗?"

"这个嘛,不清楚了,塞在什么地方了吧。"

回到房间后,太郎又翻阅了《春之庭》,有鸟笼子的照片有三张,没有一张焦距是对准鸟笼的。鹦鹉或鹦哥的轮廓模糊,太郎再怎么聚焦凝视,也看不清楚。

三天之后,造园业者早早来到现场,将大户人家的树木做了大规模的整枝和修剪。攀爬在混凝土围墙上的爬山虎的藤蔓也全被割除了。

我去造访太郎的房间,是进入二月以后的事。

太郎与我已有三年没见面了,自父亲七周年忌在家乡的大街上遇到后再未谋面。三年之前,我们并不居住在市营住宅的十三楼,而是住在看得到那幢楼的一个公寓的五层,在母亲住的房间里过了三天,我接受了太郎对于离婚的事后告知。

当时我在名古屋专门学校担任讲师,正在休假中,决定去每年一度十分期待的海外旅行,预定先到横滨的朋友家,再与另一位朋友会合,三人从成田机场出发去中国台湾。可是,因为碰上了大雪,去成田的交通全部停运,不知道我们搭乘的航班何时起飞,按照少数服从多数的原则,取消了这次旅行。与母亲联系后,她让我顺便回家看看太郎。从横滨到世田谷,由于电车长时间晚点,真是吃了不少的苦头。我对前来车站迎接的太郎一下子抱怨起来,太郎"唉,真是的"含含糊糊地轻声回答,依旧听不清楚。不过,与上一次相见相比,他长胖了一些。

下午三点过后,路上的行人几乎绝迹,灰色的云层覆盖了低空,一派雪国的景象。风很强劲,虽然打着雨伞,大衣眼看着就变得雪白。已经积起二十厘米厚的大雪拖住了我们的脚步,尤其是太郎,拿着我的行李箱,步履艰难。途中我跌了一跤,陷进了雪中。太郎放声笑了起来,不知谁堆了几个雪人,与其说是雪窑洞①,还不如说是找到了地窖。回想起孩提时代附近邻居带到滑雪场去看到的"雪窑洞",太郎觉得那是他们共有的回忆,兴奋地说,那时候真是快乐!太郎只记得滑雪,这已经是二十五年前的往事了。

风衣和靴子被融化的雪水浸湿,手脚开始感到疼痛之时,

---

① 每年二月十五日,在多雪的北方(主要是秋田县)举行的一种儿童游戏活动。

总算走到了"景观宫殿佐伯Ⅲ",我首次到了太郎的"亥"室,比预想的还要凌乱,对于一屋子塞满的沙发感到惊讶。一进玄关,迎面就是一只绿色的单人沙发和巨大的靠垫式沙发,里面的和室里放着大型的转角沙发和垫脚凳,双人用的斜椅沙发面对面地放置。那个很有存在感的银色大冰箱占了餐室厨房间的一半,令人相当惊异。这种能将冷冻的食材轻而易举地切割的冰箱,我过去也很想要,反复将冰箱门打开又关上,嘴里还不停地说,有的人什么都有,这冰箱真令人羡慕啊。太郎哼哼哈哈地应着,我知道他的内心是充满自豪感的。

冰箱的检查告一段落,我发现垫脚凳上方有一本写真集,题名为《春之庭》,那是一本大开本的画册一般的写真集。太郎发现我拿起了《春之庭》便说:

"就是后面的那幢房子。"

"哎,是嘛。"

"还有更叫人惊讶的呢。"

"照片所拍的当然是那幢房子的某个部分吧。"

"瞧,就是那儿。"

太郎手指着阳台窗户边,我在沙发上行走,到窗边后望着窗外。混凝土围墙和树枝上都积着雪,从侧面横扫过来的大雪对面,看得见天蓝色房子的一角。外面的天色已经暗了下来。

"是个大户人家呀。"

"送给我写真集的那个人,与你同岁。前不久搬走了。"

从朋友家拿来的火腿、奶酪和蛋糕卷放在垫脚凳上,我们打开了啤酒罐。太郎一会儿坐在转角沙发上的正中间,一会儿又躺在沙发的一角,我则横坐在斜椅沙发上,翘起脚来,要是妈妈在场,一定会发脾气说我们没有坐相。我们早已过了母亲抱怨孩提时代的年龄,然而,要是她在一旁看到我们的举止仍然没有什么改变,或许会感到滑稽、不舒服的吧。太郎把《春之庭》翻过来覆回去,说起了"辰"室的居民,后边的房子以及森尾一家的故事,我在一旁听着。

其实我也看到过《春之庭》,高中时代的同学里有一位牛岛太郎的粉丝,不仅喜爱他的作品,在报上看到采访他的照片,还确信那就是自己追求的颜值。不过,他讨厌马村绘子,说她假装"自然",用怪怪的名字。我说,她在剧团当演员,那是艺名。同学说,起这种名字的令人感觉不满。他不停地对她吹毛求疵。

"这是派啥用场的?"

太郎翻到《春之庭》中牛岛挖掘的地坑那张照片,拿给我看。

"他是想弄个水塘吧?"

"水塘——"

太郎想不到他的用意,看着那张照片一个劲地琢磨。

窗帘拉开,窗外已经入夜,户外的积雪光反射到屋内,有点儿微亮。我觉得自己好像来到了温泉旅馆,房间里没有一点儿旅馆的气息,到大雪覆盖的温泉去已是十年以上的事了,我的头脑之中依然飘浮着温泉旅馆的印象。

"那坑的大小好像是用来埋葬狗狗的吧?"

太郎看着庭院的照片,讲起了沼津与猎豹的故事。听到他说到猎豹,我也想起了彼得。刚上小学的我们,曾经生活过的市营住宅的摩托车放置处,照顾过一只流浪小狗。那些比我大几岁的小学三四年级男孩子会为它运送食物,可是,过了几周,有一天,我从学校回家,发现彼得不见了,有人告诉我说,彼得被人领到保健所去了。有人在附近的一棵樟树树干上刻下了"彼得"两个字,不了解情况的人无法阅读,而我们都知道那就是彼得的标记,只要一看到树上的伤口,我们就会想到彼得。

住在居民区的时候,我们始终是一大群人。每一层都有同学,在狭窄的公园里争抢地盘。如今已经成为合并或是废弃对象的小学,当时的教室里放了四十五名学生的课桌椅,挤得无法转身,校舍在增建施工时,我们只能在临时简易装配式房子里上课。狭窄的街道处处都能遇到熟人,我们总是一大群人中的一部分而已。然而不可思议的是,我居然没有与那些居住区的同学们谈起过彼得的事情。

"一想起彼得的事,就是现在都感到悲伤。"

"是啊。彼得是一条白底带有茶色斑点,耳朵下垂的狗,上四年级的时候,在好朋友松村家里。哥哥托住宅区的同学将它带回来的。"

"是这样的。读高中时和同学们讲起它的时候,大家都狠狠地骂保健所,其实是完全冤枉啊。"

"最后,它还是很长寿啊。据奶奶说,松村最初就住在被征地者放火的大杂院隔壁,在事件发生的前夕搬到了小学后面才能幸免。"

"那个地方,放火事件的一周以前,卡车撞进去了,我跑去看过。我们正在北公园里玩,传来很大的声响,跑过去一看,驾驶员乘上别的车逃跑了。一群野丫头拼命追赶,但最后没有抓到,那也是赶跑他的一种恶作剧。"

"那件事好像听谁说起过,我完全忘了。"

"你那时候才读二年级,现在住在那栋公寓里的人可不知道发生过这些事情。"

"……要是到后面的院子里去挖一下,或许会挖出一点东西来的。"

"已经出租给好几代租客了。"

"从这些照片之后,已有三代租户。"

"还会继续租赁的吧。可以与谁合租呀,现在很流行的。"

"与别人合住,我可不行。"

"啊——,你是意外的神经质。不在伸手不见五指的环境中就睡不着。一个小电珠亮着,你都会哭呀。"

"我没哭。"

太郎没有喝罐装啤酒,喝的是塑料瓶的茶水。他好像在确认窗外的夜色似的说:"你说过,可以看着工厂的红电灯睡觉的。"

"我不记得了。不说这些麻烦事了,说点合适的吧。"

最初我睡的是双层床的上铺,太郎上小学后,要求睡上面,父母向我交代,以你是姐姐为理由,要我让他。在那以前,睡觉之前,我总是可以在窗边看到夜间街上的红色的灯光,我想,夜在呼吸啊。看不到这景色后,我感到悲伤。

"同样的房间,每天过得还挺自在啊。"

"那时候,还不了解单人房间呢。"

当时,我已经意识到,不可能再和太郎一起生活了,估计太郎也一定开始意识到了这一点。

"一般说起来,那种房间肯定不适合合住。通不过审查的。"

我同意太郎说的话,打开了最后一罐啤酒。然后,又拿起了写真集。

"有什么认识的可住这儿的人,我们也可以去玩玩。"

"想不出来。"

"大概也是。"

"什么意思?"

"实在太大了。"

"这儿的房间抵不上那儿的玄关。"

"……这里面,有吃饭的照片吗?"

我这么一说,背靠在转角沙发上坐着的太郎,就像路上偶尔遇上的小猫一样,以恰似想起孩提时代碰上意想不到的事情的神情看着我。我当着他的面,翻开了《春之庭》。

"虽然在这房子里一起住过,但吃饭的照片一张也没有。吃的东西也没有。"

太郎翻了好几页,喃喃自语道:真是的。

"西注意到了吗?"

"也许吧。"

我回答之后,太郎还是凝视着照片。

下酒菜和啤酒都没有了。大雪覆盖的街上,静悄悄的。即使不下雪,这边的街上也是静谧的。有时可以听到从屋顶和树枝上掉下的积雪声,声音的大小取决于雪的重量。这白色结晶的疙瘩,吸走了温度,房屋、树木、电线、柏油马路、空气和深夜,温度都在下降。

我在"景观宫殿佐伯Ⅲ"又住了一天,前一天天好得难以置信,融化的积雪从房屋边缘处像下雨般地落下,太郎和我用饭锅和平底锅清除积雪,我还是第一次参加除雪。天蓝色的房子和混凝土建筑的人家没有动静。可是,斜对面以及再往前的人家都有人出来除雪。昨天还是不见一个人影的地方居然有人居住着,这使人感到安心。想着去给阿巳打个招呼,不过她好像不在家。

傍晚,太郎给都知事人选投票以后,我们俩走进了车站附近的烤鸡店。可是,很多食材不能送到,我所点的菜全都没有。太郎过去不爱吃的金枪鱼炖葱汤里的葱,不知何时起变得要吃了。回到"亥"室后,由于房间过于狭窄,我提出,那只绿色的沙发还是由我拿走为好。这种时候太郎嫌麻烦,我知道他会同意。委托给快递托运的"宅急便",等到我们下次见面时,太郎已经不会在这个房间里了,我想,说不定这房间连同这幢公寓也会不复存在了。

我回去后的第二天,太郎在租赁信息网页上检索,他要开始寻找下一个住处。到底找什么街区住什么房子,他一点儿头绪都没有。在"相似条件"和广告中点击各种各样的展示画面,他看到了山形的铁炮町有一幢别墅。小小的别墅有两层,房子周边堆满了积雪。

太郎觉得,这地方能住,可那地方完全不了解,没有任何的信息。不知道生活能否持续下去,不过,住是能住的,这可以任意躺倒的和式房间。再点击画像,最后出现的是浴室。看到那黑白两色的瓷砖交替铁柱的墙壁,太郎想到,这找房子的事情还是放到最后才好。

一个月后,我在名古屋干完工作后回到公寓六楼自己的房间。原先是森尾家的东西,如今到了千叶西的房间和名古屋我的房间里,我坐在那分开的绿色单人沙发上,喝着罐啤酒。对于自己的酒量,我不像太郎那么担心,不过我的文字与父亲的相似,这倒令我有点担心。随着时光的流逝,就像喝醉了酒步履蹒跚的人的文字模样,确实与父亲的越来越像。用潦草字记录的要点,过了一阵再看时,会产生那是父亲写的错觉。我的字并不是父亲教的,为什么会相像呢?在太郎房间里看到他写的字,既不像父亲也不像母亲的。

打开笔记本电脑,翻看平时一直确认的程序和网页,看看附近朋友或远在多伦多毫不相识的他人饲养的猫今天的模样,然后,放映借来的 DVD 片子。那是一部第二次世界大战题材的电影,看了三十分钟,这才发现这是在很久以前看过的片子。

把手伸进沙发的座垫和靠背间的缝隙中,手指碰到了一个坚硬的东西。用手往里摸索,掏出一块小白石那样的东西,掉落在地板上。捡起来一看,是一颗牙齿,它很小,没有牙根。是乳齿,像是前齿,但是无法判断那是上面的还是下面的第几颗齿。

我想起了小时候听说的"下齿抛向空中,上齿埋入土中"的说法。

看来这颗牙齿是上齿,即使是下齿,将它抛向空中也会掉落下来,还是要把它埋掉。必须寻找一个埋牙齿的地方,我外出了。白天相当寒冷,风大得把停放的自行车刮倒,夜晚则完全是温吞的空气笼罩着大地。

看到刚才的天气预报东京和大阪的气温将近相差了十度。这两个城市之间就在我现在所待的地方,几小时之前,成了冷暖空气的交汇处,它们在互相移动。

我走出公寓,走下坡道。由于长时间地憧憬着坡道,七年前我决定租下这儿的公寓。这坡道中间居然还有阶梯,宛如漫画的一个场面。不动产公司的职员带着我初次走这条道的时候,我还颇为感动。

走下坡道,我又想起了前一天看过的西的漫画新作,笔记本电脑的液晶画面上,西的漫画一幅幅地展示出来。一位好酒的垂钓者对在河上匀酒给自己喝,向土左卫门去报恩这样的我所喜欢的中国民间传说改编成现代东京的故事。西的漫画中，人常常会变成蛇那样可爱。

沿着巴士开行的马路行走，会与遛狗散步的人迎面错过，那是从未见过的狗种，脸像柯利牧羊犬，但是身材瘦小，腿也很短。牵着狗的人不停地在与狗狗说话。

"累了吗？还没有累吧。想回家吗？对了，还想再走走吧。"

就在我外出寻找埋牙地方的六小时后，太郎翻过阳台的栏杆，进入了禁止入内的中庭。大风总算停了。他是关上了房内的电灯才外出的，在一片黑暗之中，他定睛观察，把堆放在角落里的混凝土块当作立脚点。塞满了必需物品的布袋挂在双肩上，脚跨上混凝土围墙时回头一看，见只有二楼左起第二个窗口亮着灯。白天时，事隔两周见到了阿巳，上次太郎给了她美术展的招待券，她去参观拿到了第十万个参观者的纪念品，高兴异常，太郎也很兴奋。难道这时间阿巳还没有睡觉？或许她与太郎相反，不开着电灯就睡不着。

太郎翻过围墙，跳入天蓝色房子人家的一侧，被残存的爬山虎枯萎枝蔓擦伤的手掌有点微微的疼痛。他在围墙与天蓝色房子的间隙处慢慢地行走，脚下的小石子发出了声响。

来到庭院，天空广阔，夜空中，几颗星星眨着眼睛，从西边飘过的云朵,令街上的灯光朦朦胧胧地泛白。

夜晚的天空和云朵,没有给太郎带来平时云层之上的想象,却使他浮现出停留在宇宙空间站的宇航员在推特上发的图像。从漆黑一片的宇宙俯瞰夜间的地表,发现地图是用光的粒子描绘而成的。这个城市其实就是巨大的光的集合体。太郎怎么也无法相信,那么遥远的城市的光亮能够传来,记得小时候阅读的科学解说本上写着,制作直径二米的地球仪,即使能再现地表的高低落差,甚至珠穆朗玛峰只要用刷子涂上一层油漆,就会被那一点点的厚度所掩盖,当时自己的心中十分感佩。那么微小的地表误差的城市灯光居然在宇宙中可以看见,太郎觉得匪夷所思。

他的脑海中又浮现出从飞机上俯瞰到的夜景,在一片类似夜间大海的黑暗中,只有光亮集中的地方,才是人们居住的城市。

月亮下沉了,可是,围墙外有路灯,在庭院里挖个洞,光线足够了。庭院很宽阔,还未长出新叶的百日红的曲曲弯弯的枝影落在地面上。太郎蹲在梅花树跟前,站台中心购买的园艺用方头小铁铲,插放在牛仔服的后口袋中。太郎在梅花散落的地方,用铁铲挖掘起来。太郎一个劲地拼命猛挖,泥土带着一点点微温。大约挖了十分钟,铁铲的头部,碰到了硬物。太郎用手扒开掘起的土,更谨慎地向四周挖去。

埋在地下的是石头,圆圆的,像鸡蛋大小的石头。这样的石头挖出来好几块。一块块地拿出来,尽是相同的。坑中的石头取尽后,边缘处就是石山了。

太郎把从房间里搬来的擂钵、碾槌、米螺蠃酒壶代替石头放进了土坑里,用双手捧起挖出的柔软的松土盖上,擂钵、碾槌和米螺蠃酒壶都看不见了,再用铲子将剩余的泥土填埋回原处。

自己该问问父亲来过东京吗?他想不起自己何时有过这样的机会,但是,的确记得父亲说过他喜欢梅花,他说,比起世上轰动一时的樱花来,自己还是喜欢梅花。当时,太郎是同意他的观点的。父亲说,真是少有。太郎认为,父亲指的是自己的同意真是少有,不过,也许那是有误的。他的意思说不定是指喜爱花朵是少有的,也许是指说话的本身是少有的。太郎心想,以后要在看不到擂钵和碾槌的情况下思念父亲了。原本父亲也看不到那擂钵和碾槌了。

把脸凑近梅花树旁边的一棵小树,看见枝头有一只含苞欲放的花蕾,那就是西说的"海棠",最早听到时不觉得它是植物的名称,现在看了从阿巳那儿拿到的图鉴照片,马上清晰地浮现出深桃色花朵的模样。

今年的海棠花西是看不到了,不过,太郎还能看到,他要拍下它,将画像传送给西。

二楼面朝阳台的窗户,映照出黎明前的天空。

太郎再次站立在混凝土的围墙上,顺着雨水檐槽,进入了天蓝色房子二楼的阳台。

一楼走廊边的窗框已经更换成新品,二楼的窗还是旧的。上一个月为了搬进沙发,从面向阳台的和室进入时,听森尾说,窗户的锁坏了,只要敲一下窗框,就能打开。果然,如她所说,有窗锁的地方,从外面用拳头敲上几下,摇摇窗框,像耳朵形状的窗锁就会脱开,与想象的一致。太郎打开窗框,脱下鞋子,放入布袋,爬上榻榻米。

如果说西对这幢房子的浴室最满意,那么太郎则觉得二楼的和室为最佳。太郎习惯于倒地即睡,所以特喜欢榻榻米的房间。在写真集中,二楼和室的照片有五张,马村绘子在房间中央练习瑜伽拱桥。把脑袋顶在榻榻米上,双臂自豪地抱在胸前,她还在笑着。其他照片上,马村绘子正在侧转之中。由于动作过快,按快门有点模糊。虽然照片抖动,但是她的眼神却被清楚地捕捉到了。

房间足够宽敞,还留有淡淡的蔺草香味。太郎倒在榻榻米上,从布袋里拿出羊毛盖膝毯,将它卷起来。他把脑袋朝向窗边,看到了天空。太郎心想:怎么自己连流星一次也没看到过呀?乌鸦的叫声又传进了耳朵。

太郎醒来时,太阳已经高高地升起。一看智能手机的画面,发现已经是上午十点多了。

听到楼下传来了声响,好几个人的讲话声。他躺着侧耳静听,可是话音听不清楚。难道是后面的租房客来私下看房了?太郎警惕地爬了起来。

他观察着情况,走下几级阶梯,从扶手背面悄悄地看看楼下。

他看到身穿藏青色工作服的人,背上有着黄色的文字,上面写着"警视厅",还朝后戴着同样颜色的便帽。

"院子里发现了一具女性的遗体。"

一个男人的声音。声音相当响亮,太郎觉得那声音耳熟。

"昨天夜里您听到什么动静吗?"

"没有,什么也没听见。"

那是一个年轻女性的声音。

太郎蹑手蹑脚地一级、一级地下了楼梯。来到转角平台时,看见了司法鉴定员身旁身穿西服的男子,他的对面站着一个女人。

女人低着头,不停地触摸着她的长发。她的侧脸很像马村绘子,太郎想起了坐在廊边的藤椅子上读书的照片上的马村绘子。

"您昨天几点回到家里的?"

"警官,你想说什么呀?"

"好了,OK!"

话音刚落,楼下就响起了嘈杂的脚步声。照明灯熄灭,身穿藏青色作业服的三个男人,在走廊上走来走去。

不知是导演还是摄影班子工作人员,对下一个镜头的拍摄正在下达指示。

只有那个女人还是站在原处,抬起头来。从正面看去,就不怎么像马村绘子了,倒是与西有些相像。不过这样的念头也只是一瞬间,太郎立刻想起了那位女演员的姓名。

女演员一直盯着太郎的脸看,做了个手上拿起什么东西的动作。太郎总算明白了她的意思是要上二楼,便朝她点点头。女演员的嘴在动,但不知道她在说些什么。

太郎上了楼梯,回到了和室,背上布袋,走出阳台,从二楼的阳台朝外观看。在停车处停有两辆小型货运车,负责照明及手持麦克风的工作人员在巷子里走来走去。这片子何时放映啊?拍完后也会再过许多时间的吧。

太郎翻过阳台,沿着雨水檐槽,踩上了混凝土围墙,扶着天蓝色房子的墙壁,小心谨慎地在围墙上行走。天气晴朗,气温上升,背脊上渗出了汗水。

他来到佐伯家、混凝土保险箱房和"景观宫殿左伯Ⅲ"的交界处,停下来,手扶在天蓝色的板壁上,眺望着自住的公寓。

二楼左起的第二间"巳"室的阳台上，阿巳已经在晾晒洗涤物了。藏青色和深绿色的布料并排，要是阿巳穿上它们，不知道会是个什么模样？"巳"室和一楼右侧的"亥"室以外的六间房全都空了。

阳台的窗户，排列得整整齐齐。阳光照射进同样形状的窗户，二楼房间的墙壁、一楼房间的榻榻米上，可以看见阳光照射的地方与暗处的交接部。没有发生任何的变化，寂静无声，只有向阳处和暗处的界限像日晷那样在慢慢地挪动。

太郎的房间里摆满了沙发，象牙色的沙发布满目皆是。太郎在围墙上坐下，望着房间的深处，巨大的冰箱闪着银光。太郎想起，冰箱里的豆腐，今天非把它吃掉不可了。

纱　线

　　男子前来杀害住在马路对面的女人。

　　那天是星期四的早晨。

　　第二天的报道中说,男子供述称,"原以为见面后加以说明,她就会明白,但是对方不听,所以就捅了她"。

　　男子在八年前曾与女人在同一个职场工作过半年。七年前,男子埋伏着用锅子殴打了藏匿女人的哥哥几十下,致使女人的哥哥左眼失明,丢了工作。

　　男子一年前出狱,再次寻找女人,一个月前,开始向女人发送恐吓电邮。女人向警方求助,警官派员在公寓周围巡视。那天警官刚离开三十分钟,男子就打碎阳台的玻璃进入房间,捅了女人二十余刀。

　　男子徒步、坐电车逃跑,当天夜里,在名古屋车站附近的路上被逮捕。

公寓前黄色的警戒线依然拉着,依旧有记者在采访。周六前来造访长沼武史的三位客人,也从事件现场的前面通过,由于离得很近,他们都说着相同的话,这世道真是可怕。

第三个前来的"井上",插上了线香,没有摇铃,双手合十,闭上了眼睛。她喃喃自语了三十秒,站起身来,从面朝阳台的打开的窗户边看着窗外。

"四楼看,景色就这么好呀。"

"真的是。"

建好已超四十年的房子,南侧有一个网球场大小的小公园,对面尽是二层楼的房子,所以,这儿可以看得很远。

公园里只有一架滑梯,樱花尚未开放,已开的白木莲花下的长凳上,有一位年轻的男子正在啃着点心面包。他或许是前来采访人员中的一员。"哔——哔——"尖声的鸟鸣传来。已经到了三月半,天气总算回暖了。

长沼武史之前曾经来过一次母亲居住的这幢二室一厅的住房,算起来已经过了二十年了。从平房处可以看到,新宿延伸过来的私营铁路线的最近的车站变成了高架线,建起了大规模的公寓区,但是,从那儿徒步步行二十分钟来到这儿的一路风景,看上去并没有什么变化。

"好人走得早,真是如此呀!和惠真是个和蔼可亲的人,从不发火生气,平静温顺,我们都在说,怎么会闹成这样的结局。"

"就是嘛。"

星期三从火葬场回来后,武史在窗台的电视机旁放了张可折叠的桌子,铺上从葬礼会场带回来的白布,放上会场带回的鲜花和来吊唁的客人们送来的鲜花,放置好遗像、骨灰和牌位,点上了线香。

为了寻找她的遗像可是费了一番工夫。全然不知她把照片藏在何处,再说母亲也很少拍照。结果,把她在工作时拍的集体照放大,与和式丧服合成后才搞出了她的遗像。

发出的讣告联络也并不都顺利送达,第二天有吊唁客人零零星星地上门。"井上"是母亲七年前工作的职工食堂的同事,上午来的"桥本"也是同事,她俩原本想一起来的,但是,九十五岁高龄的婆婆不大舒服,她忙东忙西的,所以一直拖到现在才来。井上一到就做了以上的说明。

"我们这些人一聚在一块儿,就会抱怨发牢骚,谁都差不多。就是和惠绝不说别人的坏话。是的,她会说,那人一定有他的情况。我觉得她真是菩萨一样的人物。"

"是吗?"

开门声响起,时生走进屋来,他一身的运动套衫,说道:上午就出门去跑步了,到现在已有四个小时了。

"啊,大家好!"

时生向来客点头致意。他是武史的儿子,一年未曾谋面,武史对时生的身材拔高显得很不适应。明明自己和他母亲的身高都不高,可为什么就是儿子那么不停地长高,成了又细又长的人。他们夫妻俩都感到可怕。他只有十六岁,一定还会继续往上蹿的。

时生瞅了瞅遗像边上摆放的鲜花,拿起其中一个最大的花瓶。

"我去换换水吧。"

"啊。"

他温和灵活的个性,不像父母亲。不过,容貌却与双亲很像,正好在两者之间。

在摆有最起码的厨具和餐具的厨房里,时生倒掉花瓶里的水,迅速注入新鲜的清水。

"真不知道和惠已经有了孙子,一点也没听说过呀……"

"她和爸爸离婚之后,我们就不大联系了。"

急救队到达的时候,和惠已经倒在玄关处。她忍受着剧烈的头痛自己报了警,告诉说大门已经打开,开锁以后便倒下不能动弹了。武史接到通知是第二天的早晨,等他赶到医院,已是第二天的深夜。和惠的直系亲属只有武史一人,除此之外,武史也不清楚。她还有一个年龄相差较大的妹妹,也就是武史的姨妈,但是五年前也去世了,他是听来参加葬礼的人说起的。那个人是谁,武史也不清楚。进而,在医院里经多方确认,才知道和惠今年七十一岁。武史原本就不擅长整理各种文书,有关丧事的各种报告都是首次碰上,他真是又疲惫又焦虑。接下来把和惠的房间整理完毕能不能回去还不清楚,还要调查母亲的存款和保险,支付丧事的费用,只要一想到这些,他就会垂头丧气。

"真是孤寂得很哪。始终一个人生活,竟有着这么出色的儿子!"

"井上"特别强调语尾。

"哪里……"

已经几十年没听人叫过"儿子"了。武史长时间地忘却了自己是谁的儿子。

长沼武史下个月就满四十七岁了,对此,他还不能相信。他平时从不考虑自己是谁的儿子,自己是时生的父亲以及自己年龄这档子事情。武史每天思考的尽是今明两天要干的事,自己经营的两家饮食店的本月和下月的安排筹划。

对武史端来的煎茶一口没喝,来客们就回家去了。电话中,武史让对方别献香奠,所以送来的供品盒里,用白色塑料泡沫包着的柑橘漂亮地摆放着。

"谁送的?"

时生从盒子里抽出枯萎的百合问道。百合花粉的味道,武史和时生都很讨厌。

"原本工作的同事吧。对了,大概就是守夜时哭得很凶的老太太吧,她们是一起的。"

"老太太很和善,她说,来参加葬礼的都是些好人。"

时生把白百合和土耳其桔梗一起扔进了垃圾箱,取出两只柑橘,他仰面躺在地板上伸了个懒腰,用右肘支撑着横过身子,用另一只手将柑橘骨碌碌地转动起来。

时生伸长腿躺在不宽敞的房间地板上,武史坐在饭桌边的椅子上俯视着他,心想,个子真高。虽然不是自己生的,然而,自己眼睛看不到的那么一点点微小的部分居然长得如此巨大,在孩子刚生下的时候是怎么也无法理解的。当时生哇哇地哭着出现在自己眼前的时候,武史曾觉得自己将成为谁的父亲还是个尚未实现的问题。

"我说时生哪,告诉你,所谓的好人,其实就是对自己方便的人的简称。"

时生微微一笑,爬了起来。抓起一只柑橘,开始剥皮。强烈的柑橘的气味瞬间充斥了整个房间。

"纯朴的人最终可以度过幸福的人生,奈奈实这样说。"

"幸福。"

武史重复着儿子的话。这个单词在他们的会话中也许还是头一次听到,并不是在某本书中读到的。

"奈奈实是谁?"

"我的朋友。"

"可爱吗?"

"不知道爸爸的喜好,所以没法说。"

时生把柑橘的瓢一片片剥下来,慢慢吃着。在和惠的守夜结束后,时生和武史的前妻一起来了。武史说,要在和惠的房间里住上一两周时间,时生说,这附近有一家他想进的大学,想去参观一下。所以,丧事办完后也就跟着父亲一起来了。父子俩偶尔相见,武史和时生在同一个家中起居,那是离婚以后的首次。听到今年四月起升到高中二年级的时生决定报考大学,武史想起了来自宇宙的生命体进入人体的那部电影。

"你的脑子不错呀。"武史说罢,时生抬起头来。"你的回答说明脑子不错。"

"爸爸给人的感觉不大好。"

时生吃完柑橘,站起来,把另一只柑橘放在自己父亲的跟前。

"一听到女孩子的名字,就问是不是可爱。"

"是啊,说明我的脑子不好。"

武史讨厌柑橘类水果,他吃了其他来客送的糯米馅饼。

和惠起居的和式房间里,有一只橱柜。里面几乎没有新衣裳。武史并不知道母亲是个怎样的人,孩提时代和现在,的确只知道她是个"和蔼"的人,他觉得母亲质朴、发闷,甚至有点冷淡。拾掇起来,这屋子里没有特别令人瞩目的地方,但是,这屋子可不是租赁的,而是母亲买下来的。这令武史比听到母亲的死讯还要惊讶。他难以想象,母亲竟然靠着自身的意志做出如此之大的决定。

二十年前到这儿来时的情形留下特别深刻印象的事就不谈了。那前前后后的五年间,武史在涩谷意大利餐馆和池袋的居酒屋工作,只是向母亲报告一下近况而已。母亲总是回答说:"你好努力呀。""够呛啊!"她说自己始终在相同的食堂里干活,我们干的是差不多的工作。像是母子之间对话的也就是这些。再就是身体要好好保重之类的话语,母子俩谁都不提起父亲的一个字。

到了夜里,武史和时生步行到车站附近,走进了时生希望的回转寿司店。等待了五分钟,他们坐上了 U 字形柜台的一角。

这儿客人的九成是男性,下班后的公司职员,附近大学的学生,老人等。

为了让狭窄的店堂看上去稍稍宽敞些,对面的墙上安上了镜子。一位身穿西装的男子和衣着单薄的老人中间,坐着自己和时生,这画面不时映入眼帘。武史觉得,有时这种座位只能看见自己隔壁坐着的食客,随后又想到,也许那正是自己的愿望。

长沼武史的父亲是位单口相声演员,武史还是小孩的时候,父亲在关西地方性电视节目上表演过,所以相应的收入也很好。

父亲回家时的脚步声以及开门的动静,武史立刻就能明白他心情的好坏。一听到他心情糟糕的脚步声,武史会立马关上电视,全身僵硬。

有时,父亲会怒斥道,把家里搞得乱七八糟,连打个招呼都不会!你是个什么也干不成的孩子。有时哭泣着或一言不发直直站立的武史刚想说句什么,父亲会突然把啤酒瓶扔到地上。父亲的行动没有一定之规,使得武史感到惊恐万状。他在电视台工作引起的心情好坏,让武史难以判断是否会遭到训斥,找不到这样会导致那样的关联。武史说的同样的一句话,因日子不同,父亲的反应就大相径庭。向他报告说学校上课受到表扬,大喜之下的父亲有时会给自己零花钱;有时却说,你得意个啥呀?世上哪有那么便宜你的事情,还被罚正坐两个小时。重要的线索就是他的脚步声以及开门时的动静。

不论何时,妈妈总是没有变化。哪怕父亲乱扔东西感到害怕之时,在房间的角落被罚坐之时,母亲总是在武史身边,把柔软的手掌搁在武史的肩头,总是轻声轻语地对他说:爸爸在发脾气,很可怕,你忍着点。

武史抬头看到的母亲的脸庞,有点儿为难,也有点儿觉得费事。武史八岁的时候,母亲离开了他们家。母亲最后回头的表情,武史觉得与平时的完全一样。没过多久,又来了一个别的女人,让他叫作"妈妈",这女人对他很好,过了一年太平无事的日子。之后,只要父亲发火,她也发火,父亲扔东西,她也回扔过去,警察不时上门来。又过了两年,那个女人也走了。武史中学三年级时,父亲也不回家了,他的生活费和高中时的学费是父亲的妈妈——奶奶给的。高中毕业以后,武史在神户、大阪和东京的饮食店各工作了几年,十七年前,他有了自己的店,时生也就是那个时候出生的。

父亲近八十岁时仍然上台演出,武史有时会在地方电视台的新闻节目中看到他的形象。他以夸张的表情逗人发噱,看上去比以前还要健康。

"奶奶她……"

时生开口说,武史的眼睛总算离开了愣愣盯着的回转传送带上的餐碟。

"奶奶与妈妈有相像的地方吗?"

"她后来又与在大阪相识的男人结了婚,生了孩子。离婚后住在东京,这经历还是有点像的吧。两个人的名字里都有个惠字。"

"我问的不是这个,是问她们的长相和性格。"

"……这个嘛,好像不像吧。"

武史向回转柜台里的厨房点了鲷鱼寿司。

"光惠,有点儿胖。"

在殡仪馆相识五年的前妻,看上去比年龄年轻很多,光惠没有见到过武史的母亲,所以,武史感到困惑,不知怎么说她的态度才好。

"不,其实我是在夸她。她那种模样,是健康的表现啊。那之前更令人感到头疼呢。"

"爸爸的用词实在不高明呀。"

"或许是吧。"

食客们大都点自己喜欢的寿司,在传送带上旋转通过眼前的盘子没有人拿取,始终在上面。同样的金枪鱼和墨鱼,一次又一次地通过,眼看着变干了。时生拿了一份干巴巴的金枪鱼寿司,他只拿转过来的盘子,不另行点单。武史问他想要什么,他回答说不清楚。

"去大学干什么呢?"

"学习。"

"学什么?"

"宇宙什么的。"

"物理学吗?"

"不清楚,想学习宇宙方面。"

"是嘛。"

武史倒尽瓶中的啤酒,注视着柜台里上了年纪的两名厨师,其中的一人干活不得要领,还挺急躁。武史自己在大阪也开了店。他实现了深夜也要让食客吃上西餐喝上酒的愿望,客人越来越多,五年前开了第二家店铺。这第二家店的店长率领那些打工的,近来有疏离自己的倾向,本来是武史自己开的店,只要辞掉那个店长就行,但那个店一下子就失掉了景气,所以武史想干脆把它关了,只经营自己的总店。

"努力吧。"

"嗯。"

最后,时生点了一份冰淇淋。

到便利店转了一下,回家途中从连接着发生案件的公寓的巷子前通过。虽然没有见到记者和警方人员,却用黄色的带子拉了起来。公寓里有亮着电灯的房间,十分宁静。

武史咬着便利店买来的开心果,调了一杯高杯酒①继续

---

① 高杯酒,掺苏打水加冰块的威士忌,或是威士忌中兑苏打水、姜汁的饮料。

喝着。一直开着的电视里开始放映电影,那是深夜放映的三十年前的老片子,现在看来觉得有点稀罕,演的是最近去世的演员的追悼专题。

电视画面发出的蓝光照射在母亲的遗像上,她的脸显得模糊不清,焦点没有对准,再加上将其放大,越凑近看就越不知道那是谁了。连整张脸都看不见了,还是一张印刷品。

在手边的智能手机上输入"遗物整理",业者说,出多少钱他们都干。他们写道:任何画面都要用明亮的颜色,请允许我们通过电视介绍。

纸槅门拉开了,时生露出脸来。

"还没睡吗?"

"太吵了吧?不好意思。"

时生的手撑在地上,睡眼惺忪,眨着眼看着电视画面。

乡下的房子里聚集着众多的亲戚,好像发生了什么纠纷。长子站起来宣称不继承家业,二女儿哭着说哥哥太任性,爷爷奶奶在一旁哄劝,孙子辈在庭院里玩耍。两周前去世的是饰演长子的那个演员,如今,演父母亲的、演爷爷的演员全都逝世了。

那两间相连的宽敞的和式房间和走廊,绿意盎然的风景,与武史孩提时代的记忆均相去甚远。

"我出生时代活着的人,已经去世大半了吧。说不定更多呢。"武史在喃喃自语。

时生好几次用力地眨着眼睛,说道:"地球上的人口增加太多啦。几乎有一倍。"

电视画面变成了广告用语,一个年轻的女人正大口大口地痛饮着无酒精啤酒。

"哦,对了。"

"我明天早晨回去。"

"是嘛。"

武史不关电视,将盖被铺在地下,躺在盖被上,上面盖上毛毯。垫被只有一条,让时生用了,由于用的是地毡,睡着极不舒服,或许因为累了,身子发软头脑发麻,很有睡意,然而,意识却始终清楚。稍有点迷迷糊糊时,又会一下惊醒。如此反反复复,身体表面的感觉变得迟钝,觉得自己轻轻地飘浮起来。

武史想起了很久以前的事情。

孩子时代,大概还是在上小学之前,每晚钻进被窝时,武史一定会感觉到它。

自己的身体成了一块小小的线轴,纱线一圈又一圈地缠绕着,变成了一个大黑块。自己在黑暗中竖起图画纸,开始用那大黑块描绘纱线。就像彩色笔画出流畅的粗线条在一片漆黑中不停地描画,自己紧紧握住那块线轴似的自身的线块,好像是握在手掌上的感觉。又好似握着彩色绘笔,一个劲地在图画纸上磨蹭,在线上画线,拼命地不停地描画。

每当线条增加,人就会昂扬起来,传来女高音"哇哇哇"的歌唱声。周边的空间会颤颤巍巍地摇晃起来。线轴块又会渐渐地变小,纱线也就变细了。

自己的身块也变得细了,像一支铅笔,最后变成了一根纱线。握在手中的只是一根细细的纱线,实在太不可靠,终于看不见了。

于是,睡意就降临了。

终于睡着了。

武史把第二家店铺转让给原来的食客,也是饮食行业的业主。总店交给长久合作的厨师打点,自己在十一月初,返回了和惠居住的住房。靠着在涩谷工作时的熟人关系,他想在东京再开一个店铺。但是,盘算落空,另行介绍的事情也没谈妥。年底前还不能做出决断的话,他打算将遗物和房子都处理掉。母亲的骨灰还放在屋子里。

每个周末,时生都过来住。前妻说,这不很稀罕吗?他与父亲的话还没说厌。

十一月底,天气一下子寒冷了,在阳台上看得见的樱树褐色的树叶全部掉落了。

星期四早晨,武史到阳台上抽烟,看到那家的阳台上有了人。那位被杀的女子所住的二楼房间前面,房子与房子之间正好能够看见,武史自打三月的事件发生之时就已经知道。那家任何时候都紧闭的防雨套窗打开了,一个并不年轻的胖女人在擦窗户,新的住户眼下不可能入住,莫非是房东或相关人员吧。武史把香烟烟雾缓缓地喷向寒冷的空气中,凝视着那个房间和周边房屋的人家以及蓝色的天空。那应该是母亲看了三十年之久的景色。

擦完窗户的女人站在阳台上,通过玻璃窗瞅着房间里面,看了一阵子以后依然一动不动。武史觉得有点害怕,回到了房间里。时生做好了去高中上学的准备,正准备出门。光惠说要去上海出差,预定要到下一周周末才回来。

"又没有必要早起,为啥要住在我这儿呢?"

"这儿是电车高峰的反方向,乘着反而空。我走了。"

"哦。"

武史将杯子里留下的冷咖啡一饮而尽。为晾晒洗好的衣物,再次来到阳台上,那户人家的阳台上已经空无一人,防雨套窗像往常一样紧闭了。

晚上九点,从车站走来的时生手里拿着智能手机,在与奈奈实对话。这是一条直道,路灯很少。小小液晶画面的青白色的光,照亮了时生的周边。

"你明天不来?"

"是的。"

"不想去吧?"

"只有眉本来。"

"真糟糕。"

"那么,我们还是八点在图书馆。"

奈奈实是时生同班的男生,因为喜欢时生便开始与他搭话。时生也喜欢他,便与之互通信息,帮助他与女朋友眉本分手。他们有喜爱漫画的共同的兴趣,想报考类似的大学,不时一起在图书馆里学习。眼下共同的课题是如何消除他人眼中两个小男生在交往的误解。

冷不防的,四周一下子亮了起来,那是附近人家防犯罪灯光的自然反应。

时生站停了,放下了拿着手机的手,抬起头来,看到了车库入口处设置的道路反射镜中照出的自己的身影。在昏暗的道路上,好像只有自己在聚光灯的照射之下。

三月的一个早晨,也就是在这儿,时生与一个男子迎面擦身而过。他的长头发齐肩,身穿皱皱巴巴的宽松夹克衫,向前斜冲的走路样子,时生虽然只是在瞬间,却是清楚地看到了他的脸。

男子的脸上浮现出嗤笑,那是一种觉得自己偶然想到的事情十分有趣的笑容。

时生依旧朝车站对面私立大学的方向走去,当他从武史发来的短信中得知杀人事件的时候,立刻明白了那个男子就是来作案杀人的。他朝着被害人所住的公寓方向走去。但是,他并没有告知警察,也没有对武史、对任何人说起。

之后,时生多次想起那张面孔。那是会在没有任何前奏的情况下突然浮现在脑海中,就像迎面走过的瞬间那样,他那充血的眼睛异常鲜明地看到了。

这种频度渐渐地减少,时生想到:今后是会忘却呢,还是又会突然间浮现于脑海?大概不会完全消失的吧。

聚光灯光消失了,风也停了,不过,空气也显得更冷了。

时生把智能手机塞进口袋,又开始步行。道路缓缓地向上,他又再次停下了脚步。

在道路中间,有一块比握紧的拳头还大的东西掉落下来。原来是只青蛙。他蹲下身来,定睛细看,见青蛙的下颌处在动,它还活着。青蛙的表皮凹凸不平,借着路灯的余光,还微微地发光。

他是在靠近港口的高层公寓里长大的,还是第一次看到如此之大的青蛙在路上慢慢游荡,肥肥胖胖的,不用触碰,放在手掌上就能知道它的重量。

是田鸡、癞蛤蟆,还是背上瘰疣突起的土蛙?他不懂青蛙种类的区别。心想这么寒风凛冽的干燥季节,它居然还能在路上慢慢游荡。时生不可思议地看看四周,周边的人家只有小小的庭院和花草树木,却没有水塘。

柏油路上有灯光照亮,一辆送比萨饼上门的摩托车避开时生驶了过去。时生觉得青蛙在这儿会被车辆碾到,再看青蛙依旧不慌不忙一副堂而皇之的模样。他在犹豫,是否要把青蛙弄到隔壁人家的花木丛中去,不过,他可是从未碰过这么大的青蛙呀。

时生站立起来,向前走了十米,又回头观望。这单向行车道上看不到车辆的影子,倒是看到了两个人影。又往前走了十米,传来了中年女子的话音。

"哟,吓我一跳!"

"什么呀?是一只青蛙!"

男人的声音。是一对夫妇吧。像是比父亲还要大一些的年龄。

"它待在这种地方,不会被车辆压着吗?哎,你看呀。"

女人踩着青蛙近处的道路发出声响,可是青蛙依旧纹丝不动。

时生想:那两个人在为它担忧了。

"别管它!"

夫妇俩走了,马上,有灯光照射到黑暗的路上,山坡下,看到两只车前灯亮着。

"是汽车!"

女人的声音。强烈的灯光,将夫妇俩的剪影鲜明地呈现在眼前。青蛙倒看不见了。

"哎,是汽车呀。"

时生返了回去,慢慢地,但确实地迎着接近的车灯,加快了脚步。

"啊,啊啊——,啊!"

女人在叫唤。刹那间,时生看到了路上那块黑影,下一个瞬间,车轮正好从黑影所在的地方通过,那辆德国产黑色的车体亮着灯光贴着时生急速驶过。

"啊呀!"伫立的女人惊叫着。

时生看看现场。

青蛙还在原地,和先前看到的样子一样。胖乎乎的沉重的身躯,一动不动。只有突出的黑眼珠发出仅有的亮光。

夫妇俩拐弯向前。时生又盯着青蛙看了一阵。青蛙跳跃而起,消失在空屋人家茂盛的杂草丛中。

"刚才抚摸它一下就好了。"

盲　点

　　住在公寓二楼右侧房间的居民,是一位觉得睡觉比任何事情都快乐的人。醒了以后,他还是待在床上,他觉得感到睡意、意识模糊的刹那间比什么都幸福。搞得乱七八糟的家中,两面的墙壁顶到天花板的书架塞得满满的,迄今为止,只有增加的书籍,却一本都不会扔掉。这位居民已经连续睡了几年,现在对于那些不工作、游手好闲的人不期遇上幸运之事的故事特感兴趣,把这类故事书籍摆放在同一层书架上,其中还有一睁眼讨厌鬼就统统死光,王子出现,变身为身材巨大的大力士,受到村民们的感谢的故事。虽然那时他还没有自己何时试图变成那样的期望,但是,只要一想到古今东西,故事虽然起不了多大的作用,只要稍稍有活跃的机会,也就心安理得了。

　　然而,这位居民一次只能连续睡上三个小时,醒后过上一阵又能再睡,要是能够连续睡上几年,那将是一个遥远的梦。

咔嚓、咔嚓的声音响起,他觉得好像有人在剪手指甲,不过,即使那样,这声音也大了点。传入耳中的这一确实的反应,或者是空气的震动感浮现在脑海之中,那大概是东大寺卢舍那佛的手指吧。缓缓弯曲的丰腴手指的皱纹和指甲。年轻的僧侣从手掌爬向手指,用双手千方百计地操控着大大的指甲剪,那形象规整的指甲,呈 X 状张开的指甲剪。

咔嚓。

睁开眼睛一看,意识开始觉醒,发现有人的动静。拉上窗帘的窗户对面,好像有人。喀沙喀沙、咕吱咕吱地在做什么。这儿是二楼,在比这儿还高的地方有人的动静。

他起身,稍稍掀开从高处射入房间的阳光透过的淡绿色窗帘,从窗帘布之间朝外张望。

什么也没有。

没看到有树。准确地说,公寓后面人家的地盘上有一棵二十多米高的大树,它的树枝已经几乎全被砍掉了。

玻璃窗对面,很近处有一位拿着剪子的园艺工人像是站在深茶色的卢舍那佛的手指上,不过,那儿是大树中段粗大树枝的分叉处,工人就像站在稳定的平地地板上一样,轻松地从事着半空中的作业。

这时候,右斜上角出现了一幢公寓。昨天入睡之前,他就知道那儿公寓的存在,但是,由于树枝十分密集地向上胡乱生长,枝叶遮挡了它,只能看到一点边角。看不见的盲点就等于不存在。

然而,现在存在了。

这是一幢陈旧的四层公寓楼,没有阳台。高度比长度稍长些,并排齐腰高的窗户大小统一,每个窗户口都装有角度奇妙优美的弯弯的铁栅栏,那是三四十年前流行的式样。今天是星期六,进入三月后一直严寒的天气忽然暖和起来,一个美好的天气,横与竖各四个窗口,计十六间房的窗户中,有的已经打开了。有的在栅栏上晾晒起了毛毯,有的在上部安装的晾杆上晒出了 T 恤衫和袜子,也有暗色窗帘紧紧关闭的窗户。哪个窗口都看不到一个人影。

"喂!"

粗大的树枝上轻飘飘地蠕动着的园艺工人朝下面大声吆喝着。居民随着喊声,移动视线。在高高的围墙边,另一位园艺工人正扛着银色的梯子利索地移动着。

"喂!"

树枝上的园艺工人再次叫嚷。居民再次抬高了视线,接着,树枝上的园艺工人突然朝这边看来,居民慌忙把脑袋缩进窗户。

他爬上紧靠床边安放的床,拉上窗帘,屋子的确比昨天显得明亮,窗外生长茂盛的常绿树枝被去除后,心情变得难以置信。他想,搞不好是自己看错了。

咔嚓。

剪树枝的声音再次响起。

稍作思考之后,居民又钻进被窝睡觉。接着,他进入了梦境:自己爬上了大佛殿的大佛眼睛高度的二楼窗户,眺望起平城京来。

居民搬到这幢公寓来住是在两年前的夏天。不管干什么,他都是个没常性的懒散的人,在新房间里住了不到半年,就开始一个劲地看起房间布局平面图来,可是实际采取行动则要等到合同快要更新时才行。基本上每过两年就搬家一次,找房子也已经习以为常。上次与不动产商一起去看房的时候,适逢极其闷热的天气,走进没有空调的房间,闷得喘不上气来。房间里面,与玄关呈对角线的位置上有齐腰的大窗户,打开窗,咔啦啦地升起卷帘防雨套窗,刹那间,一看到这四方形的窗框中如同袭击似的伸展而来的长满深绿色的树叶树枝,他立刻认定:这地方好!

这个周六直到傍晚,园艺工人切割树枝、除草,整治周边环境的声音不绝,这位居民一整天也没拉开自己的窗帘。

他整天一直在思考树木的事情。树枝长到这样的地步得要多少年啊！在重复交叉厚实的树叶之中,在阳光几乎无法照射进来的空间,可以看到竹节一般的蜂巢,事实上,去年初夏,他看到过几只熊蜂,它那圆圆小小的身体上长有小翅膀,胸前覆盖着密密的黄色绒毛,就像穿了件西装背心,活像"熊宝宝"。里面还有其他的昆虫和小鸟的巢,难道现在这一切都消失了吗?

他到商店街去吃晚饭,来到面条店要了鸭汤面条。在天花板荧光灯的照射下,他用筷子把浮在茶色面汤上的一个个小油圈一一撮合起来。

自从搬到这儿以后,这位居民就对窗外的常绿树木的种类进行过种种调查,但总也搞不明白。以前,他曾经从喜欢树木的朋友那儿半是强行地要来了树木图鉴,通过图鉴上区分要点,对树叶、树干、分枝状况和花朵等进行明了的分类,使树木变得明白易懂。自己的心情也大好,靠着要来的东西,不费力地变得学识渊博,完全与他的睡觉也会撞到好运的信条相吻合。然而,只有窗前的这棵树,看树叶则树干不对,看树干则花儿不对,它也不落叶,亦不结果,怎么也看不明白。当然他也查阅了其他图鉴和互联网,真是一个谜呀,各种因素均显平凡,不将它们组合起来就无法得出正确的答案,居民最后只能把它称之为"杂种"树。

"杂种"树完全遮挡了齐腰窗户的右半边的世界,左侧世界也在它树枝的间隙中,可以看到公寓后侧那幢古老的住房。那儿占地宽阔,不过房子不大,用的是板壁,还处处用镀锌薄铁皮板加固。怎么看也像是废弃了的建筑,毫无人迹。一到夜间,与茂盛大树形成的阴暗融为一体,好像那块地方是个伸手不见五指的沼泽,只有一次,在难得积雪的深夜,有一扇小窗里亮起了灯光,那是一扇没有窗帘的小窗,磨砂玻璃窗呈均一的黄色,不过,窗上并不见任何的人影。

"杂种"树不论季节,总在一点一点地生长,不知不觉之中,它已经长到那只有亮过一次灯光的小窗户口,枝叶将它也遮掩了。

那些树枝全被剪除了。

居民再次看清"杂种"树的全貌是在夜间九点过后。他回味着在面条店吃下的鸭的味道,并不打开屋内的灯光,掀开窗帘观看。夜里阴沉的天空有点微微发亮,处处有所凸起的粗大的树干意外地看得十分真切。而且,那块后面的地盘中还有一栋建筑物的小屋,这使他感到惊讶。

之所以叫来园艺工人剪枝,难道是这小屋里有人住着?抑或是公寓管理者待在别处?

窗户右侧的世界由于树枝叶过于密集,再就是那幢横竖有四乘以四个窗户的公寓墙壁了。它与这幢公寓恰好呈九十度直角而建,十六扇窗户中,有五个亮着电灯。

四层最靠外侧的那间屋的窗户(称之为4-1吧),不仅没有安上窗帘,电灯也老是不关,放置在床边的铁架子的上半部分亦看得很清楚。几个像是文件夹子的东西杂乱地立在架子上,除此之外,上面是空空荡荡的,令家中被东西塞满的居民十分羡慕。4-4、3-2、3-4和2-1的窗户都拉上了窗帘,灯光透出了窗帘的颜色。其他的窗户都是暗的,没有人在,其中2-2栅栏上的毛毯总是晾着,1-1到1-4的窗户下方的三分之二的部位被围墙遮挡,成为看不见的盲点。

翌日早晨六点,居民醒了。他掀起窗帘伸出头去,再次确认阳光照射下的后面那幢老房子。只亮过一次的灯的那个小窗户,完全被爬山虎遮盖了,如今,藤叶全部落尽,宛如神经一样的好几根藤蔓竖的、斜的贴在墙上。听说只要人一不留神,爬山虎就会长到窗户上,所以当没有居民借住的时候,把"杂种"的树枝剪落,把杂草割除,也许这是在做售房的准备吧。他这样想着,又把视线转到"杂种"粗壮的树干对面的那幢公寓的十六扇窗户出去了。

由于角度十分歪斜,加上对面那幢公寓的建筑基础较高,这边只能看到二层以上反光的玻璃窗户,房间的模样看不大清楚。

他发现有黑色的东西在蠕动,3-3的栅栏之间,有一只黑色动物的脑袋伸了出来,是狗狗。它的前腿搭在窗框上,拼命地朝窗外张望。原来是宠物啊,还有其他的动物吗?可以养猫吗?

把视线从那儿移向眼前的3-4,"啊",他惊喜地看到一只白皙的手,目击了窗户打开的瞬间。那只白皙的手从打开的窗户正中间伸向空中,手掌朝上,像是在确认是否下雨,接着便缩了回去。

以后,每天早晨六至七点睡醒,这位居民就掀起窗帘,一一确认那幢公寓的窗户,这成了他的习惯。

他知道了3-3窗口那条狗,每到七点前后,总会在栅栏间向外眺望二十分钟,有好几次它把脑袋缩进房内,又回过来,在铁栏杆之间探出头来,两条细细的腿搭在窗框上,有时不停地转动着脑袋,像是在寻找什么东西。他在脑海里想象着,虽然看不见,狗狗的尾巴一定在起劲地左右摇摆,但是,他完全不知道那种狗的尾巴长成什么模样。等到那条狗即将退回房间的时刻,3-4的窗户打开了,白皙的手出现,又消失。从公司下班回来,3-3和3-4的窗户都已紧闭,大家都过着有规律的生活。

然而,再怎么看,除了那只手之外,任何窗户里都看不到人影,这边公寓处在低位,显得压倒性的不利。也许从那扇窗户中有人正看到了自己,这位居民有点害怕,当然还是怀着隐隐约约的期待。

时而看着3-3的狗狗,时而为2-4始终晾晒着的、又被雨水淋湿的衣物担忧,又想着寻找4-1不装窗帘那户人家的住客,他的心思总不安宁。"杂种"树的枝叶还会长起来吗?它的大树枝分成六七个方向,分别被保留下来,而顶端的细小树枝则全部被剪除了。到了春天,樱花和其他新绿长出的时候,它的绿色的部分不是都看不到了?粗大的树干部分凹凸不平地旺盛生长,一定会有多次这样的剪除作业,剪除后再长出新芽,可以推测这种反反复复的结果。不过,像这次这样剪除得片叶不留,那么,这树也许无法长出新叶了。他只能这样思考。当其他树木不断长出新绿之时,"杂种"树一点儿变化也没有。

这位居民是在公司上班的,在眼下的地方上班不知不觉中已经过了六年。招聘要点中写着:"主要的工作是从事东南亚进口商品说明书的翻译",其实是整个公司的事务性工作。公司位于住宅区旧公寓中的一室,他去接受面试的时候,心想:就这么个破地方啊。加上社长还是个生在神户长在神户的人,其父母均是印度人。他的外表好像是印度电影公司的明星演员,大声说着关西话,在这一带十分引人注目。社长每周一次从神户的总部过来,其他时间由职员四人在这一室一厅的屋内工作。居民的目光停留在坐在隔壁位置上的前辈桌上放置的那本小狗画面的日历上,心想,他应该知道狗的情况,就把3-3那条狗的特点向他作了说明。"哎,我想打听一下。是有关狗的问题。比柴犬还要小一点的,看上去十分瘦小,皮毛光泽,黑色的,耳朵、脸和脚爪是茶色的,脸部有点儿尖尖的感觉……"

"杜宾犬。"

前辈的眼睛不离开电脑画面,毫无表情地嘟囔。

"那是狗名吗?"

前辈说出的单词与狗连不上(要是回答说小猎犬或猎犬还在预料之中),居民反问,前辈重复回答。

"迷你杜宾犬。"

加上迷你,多少有点狗的感觉了。

"是嘛。"

"价值十万多哟。"

居民不习惯考虑狗的价值,一瞬间,他有点儿愣了,前辈在说些什么呀？啊，原来是在说售价。

从面向阳台的窗户中，可以看见被雨水淋湿的隔壁人家的屋顶。

自己居住的公寓后面的那幢公寓的十六扇窗户中的一个房间里，是否也有我们这样的公司呢？

之前工作过的公司在一栋很大的办公楼里，自己想睡的时候，常常躲到厕所里去睡，可是在这儿，立马就会暴露，这也是居民的烦恼之处。

"杜宾、杜宾"地念叨着，居民回家途中总是从车站前的两条路前拐弯，确认了经常眺望的公寓后才往前走。居民所住的小公寓和大公寓的后侧距离很近，但是正面的区划却正好相反，而且大公寓好像是在一条狭窄巷子的最里侧，从未见到过它的全貌。在两条道前拐弯，进入左侧的巷子。再到拐角处转弯，前面到底处有一扇木门。周边尽是年代各异的老门。看来是有个大地主用这块地盘的一部分建造了这个大公寓木门的左侧，装有铁门的狭窄巷子向前延伸，前方还有两栋小公寓楼，大公寓楼在最里面。被眼前的那栋快要倒塌的小公寓楼遮挡着，只能看到大公寓楼的上半部分。灰色的墙壁上，除了平时常见的 4-1 和 3-1 房间之外，其他的窗户也纵向排列着。

居民想在这儿待上一阵,说不定主人会带着迷你杜宾犬出现在巷子里。可是,小狗没有出现。通过茂盛的灌木丛的间隙,可以隐约看到有人在清扫巷子,沙沙的扫帚声响起,听得真真切切,他意识到周边的静谧,回头看去,这条死胡同中不见一个人影。

再看大公寓,4-1竖长的窗户里,亮起了白色的灯光。错过了电灯亮起的瞬间,他总有点后悔。总是见到的铁架子后面照出了阴影,三楼竖长的窗口,有仙人球盆栽的影子。

四月末。居民所在的公司遇到九连休,故乡要做法事,外加参加朋友的婚礼,坐了两个小时的飞机,在家乡的城镇度过全部九天的时间,再乘两小时飞机一下子飞回来,搞得很晚,疲惫不堪,便钻进床铺睡了。

次日早晨,居民打开防雨套窗的卷帘,打心眼里震惊了。"杂种"树上竟长满了绿叶。

鲜嫩的黄绿色树叶好似在发光,密密麻麻的细树枝,出现了数百根,就像灿烂爆发的焰火形状,"杂种"的形象迥异了。

树叶与剪除之前的茂盛相比,变得圆了,且大了两圈,看上去好像成了别的品种。他曾经研究过这是否属于槲生科的寄生植物,可是"杂种"的树干整体就像是喷发出来似的。

对于"杂种"树再次开始四季轮回,他感到放心,并为植物的生命力而感动。

然而,由于这个缘故,大公寓的窗户又有一半看不见了,竖排的2与3被遮蔽了,只能在树叶之间隐隐约约地看到部分窗框和栅栏。迷你杜宾犬也看不见了,这比什么都叫人感到遗憾。

之后的每天早晨,居民仍不间断地进行观察。没挂窗帘的4-1和打开3-4窗户的白皙的手依然可以看见。"杂种"树的枝叶日复一日,就像快进的实验映像,以令人惊异的速度在飞速生长。

居民从周一到周五还是在同样的时间里乘电车去公司上班。

"有没有怪物犬啊?"

居民看着隔壁前辈的桌子上放置的小狗日历问道。今天那张小狗的照片是耷拉着白色和茶色耳朵那种。前辈手握鼠标,看着电脑的显示器说:"啊?"

"我是问,为什么只有怪物猫,没有人说怪物犬呢?"

原来如此。前辈的回答并不经意。

"我给你说说最近我的思考吧。"

"请。"

"所谓的怪物猫,是因为长寿猫会发生变化。随着岁月的流逝,猫的形状会渐渐地发生变化。比起这一物种来猫的个性化特点会明显起来,为解释这一现象,所以有了妖怪化的讲法。我觉得那是一种完全可以理解的现象。猫是相当长寿的动物,而狗呢,不过只有十年左右的寿命,所以不大可能妖怪化。那么,像树木,有几百年的,其中还有许多超过千年寿命的,它们有充分的时间妖怪化。什么巨木啦,神木啦,也的确让人觉得有妖怪的实感,经历百年引起本质变化的,这其实并不稀罕呀。"

"是狗。"

前辈总算把脸朝向居民,但是表情依然不变地说道。

"你想问的是狗?猫?还是树?"

"这我不知道。"

居民对于自己的语言表现力和解说能力感到后悔。听说下个月末,前辈就要辞职了。在现在这个事务所里工作时间最长的前辈辞职后,居民就算最老的职员了,他想,自己何时走呢?他并不了解社长是多少年前就在这个公司的,社长今年六十二岁了,声音十分低沉,他从未听到过。社长说的话就像要居民想起今天早晨刚做的梦一样。社长每周来一次,一到就喝茶,职员们问,那是什么茶?他既不回答,也不分给别人喝。

每天早晨,居民在上班的电车里始终看着窗外的景观。车窗对面的独幢别墅、高级公寓、混居大厦、学校、铁塔……他只是茫然地看着,如此速度的变化,在懒懒散散的居民看来,实在是再好没有的事情。已经快整整两年了,日复一日地看着,那幢房子改建过了,在车站大楼的阶梯上有个老在那儿抽烟的女人,这些他都知道,然而,不可思议的是,不管是哪间屋子,不管是哪个人,都与自己毫无关系。

"杂种"树的枝叶不停地生长,在此期间,屋后地盘上的杂草也复活疯长,覆盖老房子的爬山虎的枝蔓和叶子也出现了,一开始,先长出像绿色小鸟脚爪一样的东西,然后眼看着那绿色张开变大,将除了屋顶之外的地方几乎全部覆盖。那扇小窗户的玻璃,只剩下了很小一块的面积。居民相信,那扇窗再也不会开启了。但是,这并没有任何依据,今后的事谁也不可能明白,要是它再打开,居民相信自己是能看见的。不可思议的是,还有一幢小房子上,一点儿爬山虎也没有。

居民想:这"杂种"树或许只消三年,又会恢复到原来的模样。

星期六下了大雨,居民待在房间里没有出去。

从孩提时代起,他就认为,下大雨的天气宅在家中听听雨声,那是一件多么幸福的事啊。居民心想:莫非自己是上了年纪?可怕,那是感情经验的产物,不懂得这一点,大概就真的什么也不害怕了。

躺在地上,阅读着中国的民间故事,很快就睡着了。直到脊背疼痛后起身,吃了面条,再读书,又睡觉。这一次是因脚部麻痹而醒。

起身后移向床上,时钟指向下午三时。天空被灰色的云层覆盖,显得十分阴暗。

走进窗户,向外面观望。

大风强劲,"杂种"树上喷发而出的细枝条,被狂风刮得柔韧弯曲。突然而至的阵风,把树叶刮落,令人担心会不会刮光后只剩光秃秃的枝条。倾倒而下的雨点,打在后面老房子的屋顶上反弹起来。大公寓的窗户,依然哪一扇都紧闭着。4-1里面也不见灯光。

轰的一声响,居民住的公寓有点儿摇晃。居民想,为啥后面那幢房不会倒塌呢?"杂种"树上的一根枝条被大风刮离树干,随着旋转的狂风升向空中,一直吹向3-4的窗户,到支撑晾杆的金属支架处被钩住,树叶贴在湿淋淋的墙壁上。

3-4的窗户打开了,白皙的手伸了出来。像往常一样,那手掌向上,一副接受雨水的样子,而且,那手还不停地向上伸展。手臂长长的,相当白皙。手、肘和两条胳膊。胳膊十分颀长,看不到肩胛。只有像大蛇一样的胳膊敏捷地伸出来。

　　长而白皙的手臂,柔软地弯曲,灵巧地取下墙壁上的树枝条,拿在手中,退进了房间。然后,窗户慢慢地关闭了。

　　居民在很长的时间内,久久眺望着树木和那些窗户。

行前的准备

电车过铁桥时发出的声响,震撼着脊背。那节奏就像一首曲子,却想不起曲子的名字。"嗒嗒……嗒……嗒坦,嗒……嗒嗒……"近在前方注入大阪湾的淀川河水面,宽阔、阴暗。只有那个空间突然扩张了,同时又充满了昏暗,且在缓缓地流淌。

河岸对面建好的几幢高层大楼的外墙用的是玻璃,映照着夜间的天空。它与天空一样显得灰暗。也许不同,或许它映照的是空气。

电车很快过了铁桥,一会儿车辆又钻入了地下。没有感到身体下沉的重量,但是,刚才还悬浮在空中的人们,已经进入了地面之下,没有感受到重量和速度,只是想入睡。

五月了,拉开窗帘,窗外的天空阴沉沉的,天气预报是下雨。我歪扭着上半身,仰望着一片白茫茫的天空。云层散开后的均匀的亮光使大阪的街市一片光明。我觉得这不是早晨,而是午间的色彩。现在已是天亮得早的季节了,真让人高兴。明天还会亮得更早。

坐在床上,看着房间。床罩是黄绿色的几何图案,隔壁那张床用的是相同的床罩,只是床的宽度稍窄。这是典型的一间房的公寓,瘦长的房间放着两张床,奇妙地显得不够服帖。除此之外,还有一张矮桌,一台电视机,一个十分平常的单人住房间。

昨天傍晚,从心斋桥站步行一段路后,在一家便利店前碰头的房东是一位年轻的女子,她身穿白色针织物衣服和白色的牛仔服裤子,浅色的头发,给人以体力充沛的印象。她语速很快地说道:哎,你原本就是大阪人?最近饭店的价格很贵吧?啊,找不到就住我家里吧。我们走进大公寓的电梯上到五楼,走进房间,她说明了备用品及注意事项。她原来是否就住在这儿?还是只做这儿的物业管理?女人并未说起这些,只是说这儿国内客很少。在预约网页的自我介绍栏中只有英语,名字叫作 Meg,兴趣是环球旅行。

从冰箱里取出塑料瓶中的水,用电水壶烧开冲泡袋泡红茶。屋内具备了最低限度的厨具和调味料,为了从今天起在这儿的生活。用智能手机确认,现在是七点之前,心想,时间差不多了。就在这时,萤子的短信来了,她来之前是必须换装的。

不到五分钟,萤子到达了。

"已经很久没有这么早在这一带行走了。"

虽然是三年前见过,但是萤子也不说什么客套话,看上去情绪高昂。电话里的声音,手机上的短信都说工作很忙,我有点儿担心,见面后发现她精神很好,说得更确切些,给人的感觉是她彻底睡醒了。

"太平常了,好像你以前一直住在这儿。"

进了房间的萤子,瞅瞅小卫生间,确认小厨房间里的调味料,再走进房间。

"居然有两张床,有点怪怪的。"

"就是嘛。"

萤子麻利地打开了窗户。

"可以在外面喝茶呀。"

狭窄的阳台上,放着折叠式桌子和椅子。湿度很大的空气显得浑浊。

"一览无余啊。"

后方的近处是残留的又矮又旧的建筑,不过,已经陈旧的大公寓房、杂居的大楼,这几年新建的商务饭店犹如将旧建筑包围起来似的矗立着,正方形的窗户、安全非常用阶梯、变成堆物场地的阳台,还有那些墙壁,都成了可欣赏的风景。救护车的警笛在远处鸣响,近在咫尺的高速道路上奔驰的汽车声像是在刮风一样。

"听说谁也没放在心上。"

"在这样闹市中心,真想住上一回啊。"

"我的朋友说,这儿不安定。他住了半年后就搬走了。我家附近,没想到倒不怎么吵闹。"

萤子从去年起住在距这儿只有数百米的南面。她告知说,找到了理想的房间,在"脸书"和"instagram"上还载有房间的照片呢。

"那儿已经禁止入内了?"

"有许多警车和警察。我担心的就是那只乌龟。"

两个月前,萤子所住的房间附近发现了一发一吨重的哑弹,撤除作业今天进行,避难区域半径为三百米,上午七点半起规定禁止入内,八点开始拆除引信。

上周给萤子发出的短信中说,我到大阪后再见面,点击了回信中的链接,得知了这个消息。于是,决定在萤子必须离开房间的时间,我俩碰个面。

"本来我想把乌龟带来,不过又一想,还是别改变它的生活环境为好。"

乌龟据说是黄星石龟淡水龟的种类,小型,龟甲黑色,上面有黄色的星点。在工作中结识的去中国的朋友送的,其经过和养育方法,都是通过加入"脸书"、"instagram"查阅,"推特"上也有刊登。

"小狗小猫也一起去避难所吗?"

近处的小学被指定为避难场所,不过,萤子并不打算去那儿,所以没有打听能不能带上宠物。

我从未见过萤子这么缓慢、悠闲,从认识她的十六年前起直到现在,萤子是个一想到就要立即行动的人。接下来干什么,她总是在琢磨。我呢,是个一有闲暇就想休息的人,完全是两个极端。

"麦当劳?"

"什么意思?去麦当劳干什么呀?"

"早上没去过麦当劳,想去吃一点香肠松饼之类的东西。"

"现在也有肉丁土豆丁之类的食品?"

用智能手机一查,决定外出去吃。

"下雨了吗?"

一走出公寓楼,两个人同时抬头看了看比刚才还要灰暗的天空,没看到雨水,但是脸上却有点水滴滴落的感觉。

开市晚的大街,店铺很多还未开门,人迹稀少。我知道麦当劳在哪儿,但还是第一次进去。在这一带热闹的当口,店堂幽深,走进去一看,比想象的宽敞得多,室内装修很气派的店家。食客也比预计得多,座位上已经坐上了一半的人。我想有萤子一起,就想上二楼,萤子摆摆手说:"已经找到了好位子。"

我们俩坐在临街的大玻璃窗前,可以看到变电所的壁画。可能是高速巴士到早了,三个年轻人无所事事地坐在那儿,不时地玩自拍。

"真是早呀,明明是礼拜六。"

萤子说,平时的休息日她起码睡到中午。听她这么一说,我想到距这儿仅仅几百米的地方正寂静无声地敞开着,充满紧张的气氛,完全没有人的空房间、店铺和道路。

他们背靠着变电所的壁画,或许并不知道现在正在进行大规模的排险作业,而且,在他们完全不知晓的时候,排除炸弹的作业就完成了。

萤子在智能手机上检索,把挖出来的未爆炸炸弹的图像给我看。

"像海豚和海豹吧?"

"是嘛?"

"南海线今天也停运了,难波公园也要到中午才开门。"

"真够呛。"

"要是平安完成就好了。最快也要三个小时吧。"

香肠松饼的味道不出所料,成丁的肉与土豆及牛奶不多不少,我想,这一餐真是吃得愉快。

"这家店之前,这儿也有一家麦当劳,我曾经在那儿打过工呢。"

我这样说后,萤子露出想象不到的惊讶表情。

"是吗,不像吧!"

"作为开业人员,只在试用期干了几天。最终因为时间无法调整,所以没干下去。"

"我觉得时间应该对得上,是的。"

在那家麦当劳之后,我又打过好几份的工,最后在离这儿五分钟距离的一家咖啡馆干了三年。咖啡馆位于杂居大厦的二楼,一楼是家西服店。一楼和二楼各有四五个二十多岁的年轻人在打工,所以他们有着他们这代人的交流。有一天,一楼西服店的经营主不见了,联系不上,店主和打工者一片混乱。原本那个店就基本上是店长全权处理经营事务的,他们是怎么商量的,细节已经忘了,不过,西服店店长还是在继续营业。事态平息后过了大约一个月,一楼的打工者到二楼咖啡店来交流的机会多了,一楼和二楼的年轻人一起去喝酒,或者一起去俱乐部和卡拉 OK。萤子是店长的表姐妹,在那场混乱后进入西服店打工,她还是个高中三年级的学生,算是最年轻的。

我之所以会对萤子感兴趣,是因为在几个人一起喝茶的时候,在提到某个人的场合,萤子十分明确地说:我讨厌那个人。在那之前,我只能听到由于某人讲了这样的话、做了这样的事等,"有令人讨厌、理应谴责的理由"这类的感觉让人讨厌、麻烦的语言。当时我想:那说法是觉得不管怎样,还是得与那个人搞好关系的想法相反的意思,那是不是在说,并不是自己讨厌,而是对方有着自己的理由,是无可奈何的事。只是因为我当时是第一次听到明说"讨厌"一词,这句话里没有附带其他任何的意思。听到别人管她叫"小萤火虫",所以很长时间里我一直以为那就是她的正式的名字,直到我辞去咖啡店工作时,才知道她是叫"萤子"。辞去工作后,我与他们中的两三个人经常见面,萤子告诉我说,她的名字经常受到他人的赞扬,但她却不喜欢别人把自己名字的汉字说成"小萤火虫"。她又说,父母起名并不是小虫子马上就会死的意思,而是因为笔画,又与"青沼"的姓氏相配。之后,我就叫她"萤子(keiko)"了。

萤子很快吃完了卷蛋松饼。

"能够慢慢吃多好啊,挑个豪华套餐就好了。"

头等豪华套餐包括香肠松饼、炒鸡蛋和三片热烤面包。

"点好之后,就后悔了。"

"这大公寓中。有店家啊。"

"嗯,前年来的时候就看见了。"

我在连休的后半段造访了一直住到二十五岁的这条街，会会朋友，现在在迁居须磨的母亲家整理从东京寄送来的行李，混在妹妹的孩子中间去水族馆参观了竹䇲鱼群。今晚在那间屋子里再睡上一夜，明天白天就坐飞机去山形，以后就住在山形县了。

　　昨天夜晚，在久违十年的朋友家里，当年在一楼西服店和二楼咖啡店中打工的朋友来了七位。二楼的一位男生和一楼的一位女生经过十年后又在当时工作的地方重逢，他们结婚后生育了两个孩子，我们大伙儿就在他们家集中。两个孩子是五岁的男孩和三岁的女孩，看到有这么多的来客，玩得十分高兴。萤子本来也是要来的，但发来短信说，工作未做完需要继续加班，人很累了。她在网络设计公司干了七年，有了设计总监的头衔。连休之前由于网站更新出了问题，为寻求解决办法，连休之中一直加班到深夜。

　　"什么事都没有。"

　　萤子低声嘀咕。我想了想，觉得她那是在担心乌龟。

　　"除此之外，好像还有猫和鹦哥之类的动物在。"

　　在禁止入内的区域中，还有着大型商业设施和连接交通枢纽的几条线路，居民所住的房子并不很多，但是，肯定还是有人住的，比想象的要多。两年之前，淀川附近在处理未爆炸弹的时候，飞往伊丹机场的航班也被变更，高度数百米的空中,形成了一个数小时的空洞。

一辆车体和车窗均为黑色的客货两用汽车放着音量极大的音乐,从眼前的马路驶过。在人行道上走路的孩子们刹那间抬头观望,汽车驶过后,声音只停留了几秒钟。我在头脑中用慢放速度,配上好几种BGM(背景音乐),再次播放刚才的光景,就像模仿以前看过的电影。如同MV那样,它变成易动感情的东西。进而,用超级慢速相机拍摄的大滴的雨珠从天而降,在那些滴落发亮的雨点浇灌下,人人兴高采烈地跑向道路之中。

真正的雨滴,宛如印象图那样,我在什么地方看到过,并不是上部尖尖的形状,由于空气的抵抗,下部成了凹陷馒头的形状。但是,我们的眼睛是看不到的,虽然看不见,但它还是以很快的速度掉落下来,砸碎崩裂。

在我的脑海里,砸碎崩裂的水粒子在空中扩散之际,萤子讲述了自己的工作和公司的情况,她说,去年结婚的对象三天前去山阴地区进行自行车旅行,我忙得快要倒下来的时候,他发来这样的照片。说着,把智能手机上的沙丘图像给我看。我也把自己的情况告诉她:自己供职的映像制作公司的工作难以维持下去,终于辞职,然后去山形,当然,到那儿是否能找到工作还是很令人担心的。萤子"是嘛""真是的"地附和着。接着,我们又聊了社会上的形势、健康问题,日常生活和工作中的不平等以及不合理。

　　早就吃完了早餐,又聊了一小时以上。走出店门,我们决定到萤子房间去看看。慢慢地向前走去,觉得排弹作业该结束了吧。两人走到御堂筋,再向南走去。

　　走到外面,我谈起了昨夜听到的消息。我迁居东京的前一夜,一楼和二楼的打工者们一起到一家便宜的小酒馆为我开欢送会,当时也在场的名叫山路的一楼的男子已经去世了。他辞去打工的工作后住在奄美大岛的爷爷家里,由于脑出血,突然间就走了……说这一消息的人说,他也是三年之后才听熟人转述的,并无实感。自打送别会后,我一次也没见到过山路。虽然有几次短信的交流,但他发出的短信都是怪怪的,写的是"uhyoooo""hieeee""Yeaaaaaaaah"。据说,即使遇到山路当面交谈,他说的话也是不正常的,小声嘀嘀咕咕,没头没脑的难以理解,感觉完全不同。有人说,他在短信中使用奇妙的文字是在打工时就开始了,我不时怀疑,那些文字是否出自山路之手。一年之前,我曾经想起过他,在新宿的御苑,我们看到日本最古老的掌形红叶悬铃木的时候,我以为是别的树种,就是山路告诉我:其实这树与悬铃木和法国梧桐树是同一个种类的。

　　萤子是在半年之前从我听说的同一人处听说这个消息的。然后她问我,你认识一个叫阿西的人吗?他既不是一楼,也不是二楼的打工者,而是在附近的旧衣店,光头,很瘦。萤子例举的特点我能够想起,但还是不清楚那是谁。萤子说,我是听阿西讲的,山路住在十三的一幢公寓的底楼,他绕到阳台方向不禁大吃一惊,只见房间的窗帘打开,山路坐在屋子正中,正对着始终开着的电视机。眼睛好像是空洞的,看上去判若两人。阿西以为自己看到了山路不愿让人看到的情景,于是便蹑手蹑脚地想绕到玄关那边去,但是被他发现了。山路大光其火,怒斥他是"非法进入",还说要叫警察。没想到他会那样的盛怒。阿西对萤子说。可萤子说:我并不感到意外,我觉得他就是会那样表现的。

我是等距离地感知盛怒之下的山路、发短信的山路、在奄美大岛死去的山路、必定喝冰咖啡的山路,虽然说不上完全一致,但所有的都是我和山路的距离。

"与那是同一个时期的事。"

萤子继续说,有一次,因为遇到极其难受的事情,想着离家出走,或者想有朝一日会从这儿离开。简单地说,就是从早上起在家中被家长说了难听的话语,想起来便觉得难道自己就是这么糟糕的人呀。而且,那个时期因整体上的不景气而显得经营艰难,在打烊作业的时候,不知谁说了句有趣话笑了,"花了这么大的力气干到现在,却……"山路冷不防出来说:"没关系的。"我问:你说什么?他回答说,可以去某个地方。"去什么地方呢?"他说是"无法再回来的非常遥远的地方"。于是我就想,那就可以回家。虽然没有什么人来问,但我想,只要有人明白就行。然而,我不想向他说明情况,同时觉得一下子说出重话也不好,便笑着说:你在说些什么呀。交谈便就此结束。之后,这个话题再没有提起过一次。过了一阵,山路辞掉了打工的工作。我应该对他说一句谢谢的。我之所以一直待在这儿,就是那时候山路对我说了话。哪怕不见面,没有事,哪怕是唐突的,该给他打个电话就好了。

萤子的眼睛里潸然泪下。在小雨落下的交叉路口,萤子看着前方,并不想抹去脸上的泪水。

"青沼啊。"

与声音同步,一辆自行车停下了。一个小个子青年男子骑在车上。

"唉。怎么啦,在干啥呀?"

萤子介绍站不稳的他说,是现在工作中的搭档"阿弘",然后用我递给她的手绢擦了擦脸。阿弘就住在附近,他好像是去察看未爆炸炸弹的处置情况的。

"还不让进吗?"

"还早着哪。"

我在这一带打工的时候,总会像今天这样在路上遇到谁,然后一起去吃个饭,或者再去叫上一个别的人。在东京的十三年间,也会在路上偶遇熟人,但次数不会超过一只手。这也是几年前的事了,在山形,我没有任何朋友,不会在路上突然碰上什么认识的人的。

我们走到千日前,进了一家茶室,这是家在我出生很久之前就开设的老店,这之前的街上尽是些陌生的店家,而这家店中却没有什么惊人的变化。墙壁、地板、桌子、椅子都是半透明的暗黄色,只有柜台里面的墙壁铺着白色的瓷砖。

"自己真像个幽灵,不时回归到这个世界里,觉得原来就是这样的感觉啊。"

我用手指着店家的标记所印出的杯子说道。

"觉得这是自己熟悉的地方跑来一看,街道的样子变了,家属和朋友都老了,孩子们诞生了,不认识的人有许许多多。"

坐在我正对面的阿弘紧盯着我看。

"不对吧。"

"真的。你瞧,不是跟我一样老了吗?"

回答者是萤子,她坐在阿弘身旁,正在戳着咖啡冰激凌。

"就是嘛,说得对。"

我笑了。

"因为看不见自己的脸嘛。"

就在我没待在这个城市的时间里,我变老了。

在谈到禁止入内区域的话题时,萤子说,小时候她参加建在那儿的一家饭店的亲戚的婚礼,记得从窗口可以俯视到大阪的球场。

"在球场之中盖上了房子,成了一个小小的城市。"

"在球场的建筑物里造了滑冰场、游泳池和旧书店街。"

"哎,这才好哇。就好像宇宙空间站一样。"

只有二十五岁的阿弘由衷地钦佩。我呢,在大阪球场不当球场使用后,把运动场当作住宅展示场时进去过。里面只剩下了比赛用的记分牌,却没有得分。

"所谓的废墟带有未来性,而未来么则带有废墟性。"

阿弘说了很妙的想法。

"搞不懂。"萤子没有笑。

"说是出现了未爆炸弹,是因为在建造什么吗?那建造时难道就没有发现吗?"

"或者是发现了也当作没看见。要是我的话,就把它悄悄地埋回去。"

"阿弘呀,在工作时你也那么干吗?"

"啊,干,干的。刚才说的是俏皮话。"

"未爆炸弹在那里待了七十年,其间大家一直过着普通的生活,一旦发现,就大惊小怪起来,真是奇妙。现在,别的地方或许也有啊。我们正在上面行走哪。"

我这么一说,萤子立刻回答说:

"这种事一旦发现了就不能像往常那样生活下去了。"

稍微停了会儿,萤子继续说道:

"你一说我就想到了,就像你所说的那样。"

"嗯。"

"啊,我明白了。就像我想请青沼骂我一样。"

"说什么呀,感觉不舒服。"

"我在表扬你呀。"

"要那么说,你还是去求你妈吧。"

"不一样。"

"嗯,不一样!"

"什么什么,讨厌,这种事……"

萤子用麦秆吸管嚓嚓地戳着杯子里剩下的冰块。

"就是知道了也会认为是哑弹的。"

萤子手上的动作不停,继续说道。

"发现之后,电视台就来了,直升飞机也飞来了。用特大的沙土袋堆满,将其围了起来,还有拍照片的人也来了。一开始从旁边走过时会感到害怕,可是,那儿没有任何的动静,也没有声音。哦,也就是那么回事吧,也就习惯了。虽然知道那儿有一样什么东西,但大家很快就习以为常了。我知道自己也习惯了,反而害怕起来。"

我在某些地方对萤子有所依赖,说话比较任性。

搬迁到东京之前,我在公园里絮絮叨叨地对她说了,我有想做的事情,家中还有着一些情况。当时萤子说,你刚才说的都是些借口。我回答说,不是。所以当月就搬走了,为了证明我说的不是谎言。不过我没有想到的是,这一去就住了十三年。

所以,见到萤子后,我把自己要去山形的事告诉了她。我去年与交往了八年之久的对象分手,三个月后新结识的人今年春天去山形大学工作,他对我说,我们一起住吧。我同意了。当然不光只有这些理由,可我还是辞去了已工作八年的公司工作。我把这一切,或者是部分都告诉了萤子,我明白这是想听听她的意见。我不想听到她说"没关系"那种最平常的话语,希望她说出只有萤子才会说的其他的分别赠言,特别的话语。

与阿弘道别后,我们去高岛屋的地下商场购物。我们买了想吃的生姜天妇罗和烤梅,到萤子的住处。禁止入内的限制已被解除,我只看到还有几辆警车尚未撤离的牌子。

萤子住在希望住的屋顶住宅,就是过去电视连续剧中侦探事务所那样的、其他漫画中的侦探所住的那种非正规的场所,她始终住在这样的地方。

实际到场一看,那儿并不是屋顶仓库那样的地方,那是把最高层的六层的两个房间的结构改变,将不尴不尬的多余部分当作屋顶阳台使用的部分。这儿只要弄太大声就会遭到抱怨,被两边大楼的墙壁夹住,不引人注目。这地方与我想象的住房不同,有着很结实的铝制大桌子和帆布折椅,我们就在这儿喝起了罐装啤酒,拿生姜天妇罗做下酒菜。雨已经停了。

水槽里的乌龟,我是看不懂的,萤子说它很健康。可以将它放在手掌之上,黑色的圆龟甲被水濡湿后发亮,黄色的花纹就像星空在黑暗的宇宙中熠熠生辉。今天早晨,乌龟并未意识到与其他早晨的不同,一直待在水槽中。

直升飞机缓缓地在头顶盘旋,又朝来时的方向飞回,它大概是来拍摄傍晚播送的新闻图像的吧。把它放大,或许我们也被摄入其中了。

萤子喝着啤酒,有点儿想睡了,她仰望着直升机飞走之后的白茫茫的天空,以含混的声音说道:"明天你的飞机几点起飞?行李准备好了吗?"

萤子记得我不擅整理物品和打包行李,我答道:

"嗯,会准备的,还早哪。"

我在她那儿一直待到傍晚,夜里,我们去萤子熟悉的店家吃了鲜鱼。

我在某些地方对萤子有所依赖,说话比较任性。

搬迁到东京之前,我在公园里絮絮叨叨地对她说了,我有想做的事情,家中还有着一些情况。当时萤子说,你刚才说的都是些借口。我回答说,不是。所以当月就搬走了,为了证明我说的不是谎言。不过我没有想到的是,这一去就住了十三年。

所以,见到萤子后,我把自己要去山形的事告诉了她。我去年与交往了八年之久的对象分手,三个月后新结识的人今年春天去山形大学工作,他对我说,我们一起住吧。我同意了。当然不光只有这些理由,可我还是辞去了已工作八年的公司工作。我把这一切,或者是部分都告诉了萤子,我明白这是想听听她的意见。我不想听到她说"没关系"那种最平常的话语,希望她说出只有萤子才会说的其他的分别赠言,特别的话语。

与阿弘道别后,我们去高岛屋的地下商场购物。我们买了想吃的生姜天妇罗和烤梅,到萤子的住处。禁止入内的限制已被解除,我只看到还有几辆警车尚未撤离的牌子。

萤子住在希望住的屋顶住宅,就是过去电视连续剧中侦探事务所那样的、其他漫画中的侦探所住的那种非正规的场所,她始终住在这样的地方。

实际到场一看,那儿并不是屋顶仓库那样的地方,那是把最高层的六层的两个房间的结构改变,将不尴不尬的多余部分当作屋顶阳台使用的部分。这儿只要弄太大声就会遭到抱怨,被两边大楼的墙壁夹住,不引人注目。这地方与我想象的住房不同,有着很结实的铝制大桌子和帆布折椅,我们就在这儿喝起了罐装啤酒,拿生姜天妇罗做下酒菜。雨已经停了。

水槽里的乌龟,我是看不懂的,萤子说它很健康。可以将它放在手掌之上,黑色的圆龟甲被水濡湿后发亮,黄色的花纹就像星空在黑暗的宇宙中熠熠生辉。今天早晨,乌龟并未意识到与其他早晨的不同,一直待在水槽中。

直升飞机缓缓地在头顶盘旋,又朝来时的方向飞回,它大概是来拍摄傍晚播送的新闻图像的吧。把它放大,或许我们也被摄入其中了。

萤子喝着啤酒,有点儿想睡了,她仰望着直升机飞走之后的白茫茫的天空,以含混的声音说道:"明天你的飞机几点起飞?行李准备好了吗?"

萤子记得我不擅整理物品和打包行李,我答道:

"嗯,会准备的,还早哪。"

我在她那儿一直待到傍晚,夜里,我们去萤子熟悉的店家吃了鲜鱼。

住第二晚的房间,和我早晨出去时完全一样。与早上相同,我用电水壶烧水泡了红茶,这房间与我刚到东京时的住房十分相似。我仿佛不是去山形,而是要住在这儿生活。我能够简单地想象住在这个房间里的自我。走在十分熟悉的道路上,有几家相当了解的商店,还有朋友。

十天以前搬出行李的东京住房,已经有人进去清扫,墙壁和地板上家具的痕迹或许已经消除干净了。山形的房间里,已经堆满了纸板箱,三月末要开始同居生活的人说不定利用这个空当已经在那儿生活。他希望我快快整理好东西,发来了配有画面的短信。

拿着煮满红茶的杯子走到窗边,打开窗帘。商务饭店的安全阶梯处亮着白色的灯光,比白天还要醒目。有人在那儿抽烟。

隔壁那幢旧公寓的堆放物品的阳台上也有人影,那人探出身子,仰天而望。

我蹲着透过玻璃窗仰视天空。那是夜晚的天色,我想起了像星空那样的乌龟背甲,可是,现在的天上没有星星。我这样仰视了好一阵子。

之后,我确认了明天出发的时刻。